# 奄美群島おもろの世界

福 寛美

南方新社

# はじめに

奄美群島とは現在の鹿児島県に属する島嶼群である。かつての奄美群島は琉球王国の版図であり、奄美方言は琉球方言に含まれる。この奄美群島からは、近年、南西諸島の歴史を書き換えるような発見が相次いでいる。その一つは喜界島の台地の上の城久《ぐすく》遺跡群である。城久遺跡群は九世紀から十五世紀に稼働していたが、やがて人々は喜界島を去り、遺跡群は忘却された。

喜界島からは近年、十二世紀の製鉄炉跡が発見された。日本経済新聞電子版の二〇一五年七月三十日付の記事には「十二世紀ごろ、砂鉄から鉄を作る製鉄炉跡が沖縄など南西諸島で初めて見つかったのは歴史的な発見で、大きな衝撃が広がった」とある（日経電子版、二〇一五年七月三十日、http://www.nikkei.com/article/DGXMZO89843640Y5A720C1000000/）。

その製鉄炉跡崩《くず》り遺跡を調査した村上恭通の言葉として、「崩リの炉の外径は約十五〜十六センチとごく小さいものの、鉄滓を分析すると製鉄がなされたことは間違いない。城久では不純物を精製する際に出る精錬鍛冶滓や鍛錬鍛冶滓などが出ている」、「中世の西日本の製鉄の主流は四角い炉。箱形ではない円筒形に近い炉は現在の熊本県付近の有明海沿岸の製鉄炉の特徴で、技術的な影響を受けている。喜界島の在地の人々が何らかの方法で模倣したようだ」とある。

村上は沖縄県北谷町の後兼久原《くしかねくばる》遺跡での発掘でも、掘立柱建物跡や十二世紀ごろの土器などとともに鉄滓や砂鉄が出土した状況を確認し、「城久遺跡群を縮小したかのようによく似た遺跡だった。どちらが影響を与えたかを考えると、規模の大きさから考えても喜界島が沖縄に影響を与えたとみるのが自然」と語っている。

また村上は「王国が成立する以前の沖縄でも鉄と米は重要な必要物資だったろう」、「本土では考えられないほど鍛冶炉が多く、製鉄まで行う集中生産をしており、喜界島にとって鉄は沖縄に対する重要な戦略物資になっていたのではないか」と述べている。

そして、古代~中世の本土の文献に現れるキカイガシマの研究で著名な永山修一は、十一世紀後半から十二世紀にかけて島外から得た大量の貴重な遺物が喜界島から出土していることなどから「喜界島で生産した鉄を、奄美諸島や沖縄諸島に流通させることで、対価としての南島産品を獲得し、それを九州以北へ売ることで利益を得ていた勢力があった」ことに着目し、「その影響は琉球王国形成の問題にかかわってくるのだろう」と語っている。

村上恭通、永山修一の一連の指摘は喜界島に組織立って製鉄を行う人々がおり、その製鉄技法が琉球に影響を与えたこと、そして琉球王国形成には喜界島の城久遺跡群を営んでいた勢力が影響を及ぼしていたらしいことがわかる。

田中史生は十一世紀以降の喜界島経営に大きな影響を与えていた勢力について考察し、この時期の城久遺跡群から検出される庇《ひさし》のついた建物や高倉に注目し、「そこに、南九州の特徴をそなえた領主層の建物との共通性が指摘されているからである。これらは、平安時代の公卿、藤原実資の日記の『小右記』で一〇二五年（万寿二）から大隅や薩摩の国司・領主層による中央貴族への琉球列島産品の献上記事がみられるようになることや、鎌倉時代の歴史書の『吾妻鏡』などに十二世紀半ばの薩摩領主層平忠景と喜界島との関係が記されることなどとも対応してくる」と述べ、十一世紀以降の城久遺跡群への理解を次のように記す（田中史生、二〇一六、二二二）。

十世紀末に発生した大宰府—南九州—喜界島の交易ライン、交易体制をめぐる対立の結果、南島交易拠点の喜界島では、大宰府の直接的な影響力が後退する一方、南九州有力層の影響力が増大した。しかもその経営に、外来文化を受容してきた在地の人々も積極的に加わった。この島には博多などから日本や中国系の商人などもやってきた。城久遺跡群では、彼らが交わり、石鍋を用いた煮炊きが行われ、カムィヤキを食器・酒器とした儀礼的な宴が開かれるようになった。こうして、大宰府を中心とした交易体制が危機的状況に陥った後、南島の交易関係は、越境的、人格的で秩序ある関係としてあらためて結び直され、前代以上の発展をとげることになったというストーリーである。おそらく南島の人々は、この交易拠点で経験した饗宴文化を、自らの社会組織のなかにも組み入れようとしたのだろう。こうしてカムィヤキと石鍋、さらに石鍋模倣土器が奄美諸島以南にも受容されていったと考えるのである。

喜界島を含む奄美群島に古代から中世にかけてどのような人々がいたのか、ということは、日本の史書や『平家物語』や『保元物語』などの物語の断片的な記述からは詳しく知ることができない。

佐藤信は「七三六（天平八）年度の薩摩国正税帳（『大日本古文書』二巻、筆者注：正倉院文書）をみると、国司の部内巡行が年に九回行われており、正税出挙とその収納が三度、計帳手実《けいちょうしゅじつ》（筆者注：調・庸を徴収するため毎年作成した帳簿）の回収が一度、庸の徴収検査が一度、百姓損田《そんでん》の検査が一度、賑給《しんごう》（筆者注：社会的弱者に対して、稲穀・布・塩などを天皇の恩恵としてあたえること）が三度であった」と述べる（佐藤、二〇〇七、一九～二〇）。佐藤は豊後国正税帳についても同書で言及している。この佐藤の指摘から、奈良時代の南九州には律令国家の支配が及び、税の徴収がなされ、その記録も残っていたことがわかる。しかし、奄美群島についてのまとまった記録は存在しない。

また本土の文献に残るキカイガシマには、最盛期の十一世紀後半から十二世紀に「搬入遺物が中心となる「非在地的様相」」（高梨、二〇一四、七四）を呈する城久遺跡群の存在を示唆するものは何もない。このことは、公的、私的を問わず、同時代の本土の人々が喜界島の城久遺跡群について、その存在や機能を書き留める必要性を感じていなかったからにほかならない。

村井章介は博多商人道安が一四五三年に琉球国中山王の使者としてソウルを訪れ、礼曹《れいそう》（朝鮮の外交担当部門）の質問にこたえて琉球国の様子を語ったことを指摘し、次のように述べる（村井、二〇〇六、七六)。

それによると、一四五〇年に四人の朝鮮人が臥蛇《がじゃ》島に漂着したが、「島は琉球・薩摩の間に在り、半ばは琉球に属し、半ばは薩摩に属す。故に二名は則ち薩摩人これを得、二名は則ち琉球国王の弟、兵を領して岐浦島(喜界島)を征せしにこれを見、買いて国王に献ず」という。

十五世紀半ばに行われた琉球による征服戦争の結果、奄美諸島はその支配に服していた。そして臥蛇島あたりがなかば琉球、なかば薩摩に属する境界領域だった。だからこの島に漂着した四人は、薩摩と琉球に二人ずつ分けられたのである。

『鹿児島県の地名』は『李朝実録』の一四五〇年の朝鮮人四人が臥蛇島(吐噶喇《とから》列島)に漂着した記事をあげ、次のように述べる(平凡社地方資料センター編、一九九八、八四二〜八四三)。

この「岐浦島」を喜界島とする説に従えば、この頃琉球王国によって喜界島が攻略されたことになる。また世祖二年(一四五六)琉球に漂着した朝鮮王朝の梁成らの見聞によれば、「交戦、国東有二島、一曰池蘇、一曰吾時麻、皆不降付、吾時麻則攻討帰順、今已十五余年、池蘇則毎年到討、猶不服従」としており(『李朝実録』世祖八年二月条)、漂着した時の十五年以前に吾時麻こと大島は琉球に属していたが、「池蘇」は一四五六年当時なお琉球王国の領有ではなかったようである。『おもろさうし』では喜界島を「ききや」とし、南大島では現在でも「ききゃ」、北大島では「きゃ」というので、岐浦や池蘇はこうした音に充てた表記である可能性が指摘されている。

また、同書には次のような記述もある（同書、八四三）。

島津氏侵攻の直前に書かれたという琉球往来（南島風土記）に「鬼界船五艘。純精米、稗、蕎。大島船廿艘。御殿新造ノ具、山枡、茸、麁米」とあり、当島から船を貢進していたようである。一五四八年（天文十七年）イエズス会士ニコラオ・ランチェロットがまとめた日本に関する情報のなかで、日本列島のキクワイ（Quiquai）という島の住人は褐色で、エゾの人々と同じく小さな舟で日本に盗みに来るという（「第二日本情報」西欧人の日本発見）。これは境界の島としての喜界島に関する伝聞であろう。

これらの記述は喜界島の過去の有様を断片的に伝える。喜界島の奄美大島からの呼称、「ききゃ」や「きゃ」の音写の可能性のある岐浦や池蘇は興味深い。また、宣教師の日本情報の中のキクワイを前掲書は「境界の島としての喜界島に関する伝聞であろう」とするが、後述のように『おもろさうし』には赤銅色に日焼けした船頭のおもろがある。また、現代的な意味での治安の概念のない時代、キクワイの住人の一部が海賊化していたことも十分考えられる。

同書には「喜界島には源為朝や平家落人の伝承があり、また土塁のよく残る七城《なな》跡は十三世紀に平資盛が築城したとも、十五世紀に琉球の尚徳王が築城したともいわれるが、採集されたカムィヤキの壺などからさらに古い時代の造営の可能性も指摘されている」とある（同書、八五九）。

また、同書の「七城跡」の項は次のようになっている（同書、八六八）。

（前略）志戸桶集落の北方にはグスクとよばれていた森がいくつか存在していたし、そのグスクや、当城跡とその付近、また集落内で多数の青磁・白磁片や瓦が採取されること、沖縄の勝連城（現沖縄県勝連町）、山田城（現同恩納村）の伝承に喜界島の人々が登場することなどから、当城と琉球との関連が重視されてよい。一方で城をジョウと読むのは本土系の山城に由来するもので、時期により本土系の領主が存在したことが推定される。

（中略）これだけ大きく整形された土塁は、奄美の城では類をみない。南方に佐手久の集落と太平洋を望む立地であるのも留意される。南西三キロに早町を見下ろす平家の森という小山があり、当城の南の支城と伝えるが、これは平家の落人伝説によるものである。

城久遺跡群のみならず、喜界島には島を拠点としていた勢力の痕跡が残っているのである。

村井章介は琉球の正史で十八世紀初頭に成立した『中山世譜《ちゅうざんせいふ》』などを用い、次のように述べる

（村井、二〇〇六、七七）。

一四六六年には琉球の尚徳王《しょうとくおう》が喜界島の「賊」を討ち、別に酋長を立てて、百姓をおさめさせた（『中山世譜』五）。この「賊」が薩摩と通じていた可能性は高い。一四九三年に博多の僧梵慶《ぼんけい》が朝鮮にもたらした琉球国王尚円《しょうえん》の外交文書に、「琉球の附傭である大島に、近年日本の甲兵がやってきて、島を奪おうとし、多くの戦死者がでたが、十回に八、九回は琉球が勝利した」と記されている（『朝鮮王朝実録』成宗《せいそう》二十四年六月戊辰《ぼしん》条）。一五三七年にも尚清《しょうせい》王は兵を発して大島を征し、酋長の一人与湾大親《ゆわんうふおや》を滅ぼした（『中山世譜』七）。

一五二九年を初見として、奄美諸島地域にも沖縄本島に残るのと同じ様式の琉球王国発給文書（辞令書）が残されており、ようやくこのころ本島なみの支配が実現されたことを知る。

沖縄、そして喜界島を含む奄美群島の中世から近世初頭の息吹を伝えるのが『おもろさうし』のおもろである。おもろとは琉球の神歌であり、おもろを集成して、冊子とした『おもろさうし』は一六二三年に最終編纂されたと考えられる琉球王国第二尚王統の官撰神歌集である。

仲原善忠は十七世紀以降にまとめられた琉球の公的史書に拠って、英祖《えいそ》王（琉球の英祖王統の始祖王）の死後に即位した玉城《たまぐすく》王（一三一四年即位）が悪政をしき、諸按司がそむいて三山時代こと約九〇年の戦国時代となり、その時代が日本の北条高時から足利尊氏の戦乱の時代にあたる、と述べる。そして「この時代は日本内地でも南朝の遺臣たちがあちこちに「落ち人」となるのもいるしまた沖縄でも戦乱を避けて島々に移住する者、あるいは武力を以て一旗をあげようとする者、なかなか騒がしくまた三山の按司は競って支那と交通し、貿易船を出し、遠く南蛮（今の南洋）あたりにも盛んに往来したらしい。武器・築城も発達し航海も盛んになり、殊に琉球古文学の「おもろ」はこの時代に非常な発達をとげた」と述べる（仲原善忠全集三巻、一九七八、八）。仲原は十四、五世紀の日本の政治的混乱と沖縄島周辺の動態が無関係ではないこと、そして、おもろがその時代に隆盛したことを示唆している。

おもろの特徴は無時間性であり、「いつ、誰が、どこで、何をした」という論理や時間意識は存在しない。それでは、『おもろさうし』に断片的に現れる事象や人物をどのように理解したらいいのだろうか。そのことを考察する上で格好の人物がおもろ世界にいる。それは、阿摩和利《あまわり》である。阿摩和利は勝連ぐすくの主で、第一尚氏の時代に忠臣の護佐丸《ごさまる》を陥れ、やがて討たれた、とされている。

島村幸一は阿摩和利を琉球の史書の蔡鐸《さいたく》本『中山世譜《ちゅうざんせふ》』（一七〇一年）、蔡温《さいおん》本『中山世譜』（一七二五年）、『球陽《きゅうよう》』（一七四五年）では逆臣とするが、それらに先立つ『中山世鑑《ちゅうざんせかん》』（一六五〇年）には阿摩和利に関する叙述がないこと、そして『おもろさうし』の世界では阿摩和利が賛美されていることを指摘する（島村、二〇一五、五四）。

島村は「『おもろさうし』が盛んに作られ謡われていたのは、第二尚氏の尚真《しょうしん》王代（一四七七〜

一五二六年）を中心にして、尚清《しょうせい》王代（一五二七年～）から尚寧《しょうねい》王代（～一六二〇年）であると考えられる、このことからすると、阿摩和利が討たれた（筆者注：蔡温本『中山世譜』には阿摩和利は一四五八年に討たれた、とある）事件はまだ生々しい記憶として語られていたと考えられる。それ故に、阿摩和利の存在は第一尚氏を脅かす程の勢力を持った「地方」の英雄として称えられたが、それはあくまでも第二尚氏を称える存在として謡われたということである」と述べる（島村、二〇一五、九〇）。

この島村の指摘は、阿摩和利が討たれた記憶が生々しかった時代、阿摩和利を賛美するおもろが謡われていたことを示す。あわせて、『おもろさうし』のおもろが十五世紀の後半から十七世紀の初頭に作られて謡われ、後世の史書とは異なる情報を提示していることを示す。

もちろん、『おもろさうし』のおもろから読み取れる事柄を史実と認定することはできない。しかし、おもろを作り謡った人々は、現代の我々よりも城久遺跡群が活況を呈し、奄美群島が賑わっていた時代に近いのは確実である。本著では『おもろさうし』のおもろから奄美群島の何が読み取れるのかを考察したい。

仲原善忠は奄美のおもろについて次のように語る（仲原善忠全集第二巻、一九七七、二〇六～二〇七）。

奄美群島は十七世紀の初め、サツマに併合せられるまでは、沖縄群島と同じ文化圏であった。

おもろ草紙の編集は、地方的になっており、奄美のものは巻十七恩納より上のおもろ草紙に入るのが順当である。

事実はこれに対し、巻十三の船ゑとのおもろ草紙に多く入っている。

今日残っているおもろ草紙は、すべて島津侵入以後の編集であるが、その中に、奄美のものが、やや完全に残っていることが注目される。

奄美大島にはおもろがないと一般に考えているのは誤りである。

仲原の見解の中で「奄美のものが、やや完全に残っていることが注目される」は興味深い。

池宮正治は「何といっても奄美のおもろが多いのは、巻十三である。奄美おもろともいうべき一まとまりのおもろ群が見られるのである」と述べ、次のようにおもろの番号をあげる。なお、池宮は巻別番号を用いているが、筆者は通し番号を用いているため、番号表示を改めた。また、池宮はおもろの番号を〇番と表示しているが、番は省く。また、池宮は九四九を奄美おもろに入れていないが、奄美大島の名瀬を謡うおもろなので、提示する（池宮、一九九〇、二〇〇〇〜二〇〇一）。

八五〇　　一首　　沖永良部

| | | | |
|---|---|---|---|
| 八五七～八六一 | 五首 | 沖永良部 | |
| 九二八～九三三 | 六首 | 与論 | 南 |
| 九三五～九四二 | 八首 | 沖永良部 | ↓ |
| 九四三・九四四 | 二首 | 徳之島 | ↓ |
| 九四五 | 一首 | 与路 | ↓ |
| 九四六・九四七 | 二首 | 赤木名 | ↓ |
| 九四八 | 一首 | 不明（西杜・中杜） | ↓ |
| 九四九 | 一首 | 名瀬・伊津部・有屋 | ↓ |
| 九五〇 | 一首 | おわん嶽 | 北 |
| 九五七 | 一首 | 与論 | |
| 九五八 | 一首 | 沖永良部 | |

池宮は巻十三の奄美おもろがこのように四つに分かれて存在していること、そして九二八から九四八が「奄美の各島毎にまとめられ、しかも南から北へと整序されている。極めて意図的で計画的な編纂であることがうかがえるのである」と述べる。そして巻十三のおもろが整然と編集されてい

るわけではなく、首里や久米島といった地域や、聞得大君や「あけしの」といった神女など、小さいグループが繰り返し出てくることを指摘する。そして「その意味で巻十三における奄美のありようは、巻十三らしいのである。別の言い方をすると、奄美のこれらのありようは、沖縄の他の地域と同様に扱われているのだ。この点がもっとも重要である」と述べる。

池宮はまた、奄美のおもろが巻十、十三、十四、他にあることも指摘し、「巻十も、航海のおもろで、主題は巻十三に似ている。そればかりか、一見アトランダムに各地のおもろを取り集めた感がするのも似ている。巻十四も主題は別だが、各地から集めた巻という点では同じである。奄美のおもろが、先島を除いた琉球の各地と、区別なく扱われているのである。地方おもろ以外に、各地のおもろが集まっているのは、この三巻しかない。この三巻に漏れなく奄美のおもろが入っているのである。つまり奄美は沖縄と同等の扱いを受けているのである」と述べる（同書、二〇二）。

そして池宮は「結語」として次のように述べる（同書、二〇七〜二〇九）。

奄美出自のおもろは、沖縄各地のおもろが一見雑多に集められているような、巻十や巻十三、巻十四に収められている。上で見てきたように、奄美おもろは、つまりまったく同等の扱いを受けているのである。このことから二つのことが言える。

奄美諸島は、言うまでもなく、一六〇九年の薩摩入りによって、薩摩に割譲された。行政権も薩摩に移ったのである。これは、奄美に現存する王府発行の辞令書を見れば分かるように、一六〇九年までの辞令書しかないのである。ということは、首里王府の行政権は、当然のことながら、この時点で奄美に及ばなくなったことを意味している。その王府がそれ以後役人を奄美に派遣するとか、奄美の歌唱者を招聘するといったことは、まず不可能といってよい。とすれば、少なくともおもろの採録作業は、それまでに終わっていたとみなくてはならない。これまで「おもろさうし」の編纂については、まったく資料がなく、知る術がなかったのであるが、奄美おもろはこれに手懸かりを与えてくれる。

（中略）

もう一つ、奄美おもろのありようは、奄美の地方おもろの存在を予想させる。上述のように、奄美おもろは、沖縄の各地のおもろが取りこまれている巻である、巻十と十三それに十四に出ているのである。それら沖縄各地のおもろが、沖縄本島と周辺離島をカバーするかたちで、「地方おもろ」が編集されている。ということは、奄美関係の地方おもろが編集された可能性もあるわけである。しかし薩摩入り後、王府儀礼からも奄美が削除されたらしいことを考えると、奄美関係おもろの選進は公式には困難だったとも思われ、したがって断定は当然控えなければならない。それでは、奄美おもろ三十余首はどうして採られて残ったのか。奄美関係地方おもろの存在を完全には否定しえない所以である。

このように池宮は現存の奄美おもろから、奄美関係地方おもろの存在を想定する。池宮が述べるように、薩摩の琉球侵攻後は奄美の行政権は薩摩に移っている。その奄美のおもろを一六〇九年以降、王府の公的なルートで採録することは不可能であろう。巻十、十三、十四において沖縄の地方と同様に扱われている奄美のおもろがもっと数多くあった可能性を指摘した池宮の論は、首里王府からみた奄美群島の位置付けを示している。即ち、奄美群島はかつて琉球国内の地方であったが、一六〇九年以降は琉球王国の版図ではない。そのため、奄美のおもろはもはや地方おもろの範疇には入らない、ということである。

なお、奄美方言は琉球方言に含まれるが、現在の奄美方言は沖縄島南部の那覇、そして首里で話される方言とは相当異なっている。しかし、『おもろさうし』にあっては王府おもろも地方おもろも同じ言葉で表記されている。このことは、おもろを作り謡ったのは誰か、という本質的な問題を内包している。

なお、筆者は「奄美群島おもろの世界」と題する論文（福、二〇〇七）をかつて執筆している。また、共著『琉球王国誕生』の一部に拙論を発展させた「奄美群島おもろの世界」を小題とする個所がある（吉成・福、二〇〇七）。本著はそれらに依拠した個所もあるが、内容は全く異なっている。なお拙論「奄美群島おもろの世界」を引用、あるいは参照した部分については、特に言及しない。

# 奄美群島おもろの世界——目次

## I 奄美群島と周辺海域

## II　奄美群島のおもろを中心に

装丁／鈴木巳貴

# Ⅰ　奄美群島と周辺海域

## 南下した人々

筆者はかつて他所において「ぐすく時代と交易」について述べ、そこで南下した人々にふれた（福、二〇一三）。ここでは簡単に南下した人々について述べる。

土肥直美は、那覇市の銘苅《めかる》古墓群出土の人骨の特徴として「全体的には、沖縄先史時代人に比べて骨格のサイズが増し、本土の中・近世人と大差がなくなっている」と述べ、一九九〇年に出土した首里城右掖門西方岩陰下人骨（成年後半から熟年前半）の男性人骨について、「現代の沖縄人に近い形質的特徴をもつと同時に、顔面の高径が低い点など沖縄先史時代人の特徴も保有しており、現代人への過渡期の人骨と位置づけられる」と述べる（土肥、二〇〇三、五八四〜五八五）。

そのうえで土肥はグスク時代以後の沖縄人について次のように指摘する（同書、六〇〇〜六〇一)。

グスク時代以後の沖縄人は全体的にサイズが大きくなり、また、沖縄先史時代人や縄文系の集団に比べると、顔がやや細長くなっている。この違いは渡来系と縄文系の違いにも匹敵し、現代の沖縄人と本土日本人との差よりも大きいことが分かる。つまり、沖縄の現代人の特徴はグスク時代（中世）までは連続しているといえるが、グスク時代と先史時代との間には明らかな時代差が認められるのである。一般的に、形質の変化をもたらす要因としては、文化的な変化に伴う生活環境の変化、人の移動に伴う遺伝子の流入、あるいはそれらの相互作用などが考えられる。グスク時代は文化的に大きな画期であると同時に、日本本土や中国大陸をも含めた人の移動が盛んな時代だったといわれており、それらが形質の時代変化をもたらすほどのものだったことは十分に考えられることである。

土肥のこれらの指摘から、グスク時代の大きな文化的画期の要因が東アジアの広汎な人の移動であり、本土からの中世人の南下も大きな要因だった、ということがわかる。

『おもろさうし』の中には鎧や冑を謡ったもの、刀を謡ったものがある。安里進は一二一九と一二四九のおもろに登場する稲福が、おもろでは「ゑなふく」と表現され、稲福には約五百メートルの円内に分散する稲福殿《イナフクヌトウン》遺跡、上《イイヌ》御《ウ》願《ガン》遺跡、仲村《ナカムラヌ》御《ウ》嶽《タキ》遺跡の稲福遺跡群があることを指摘する。

そして、その中でも時代の古い十二世紀から十四世紀の上御願遺跡の出土品を検討し、「高級な輸入陶磁器や銅鏡、銅製金具から想定される立派な調度品、刀の鍔、鉄鏃、骨製鏃、銅の鞐《こはぜ》などの武器・武具の出土は中世日本の領主・土豪層の居館を連想させるが、一方では農具、漁具、工具、鍛冶具などの労働用具も出土しているのである」と指摘し、「上御願遺跡の集団は、武装し、また船来の品々を日常的に使用＝消費しているが、自ら労働する農民でもあった」と述べる（安里、一九九八、一四八〜一五七）。

この稲福の重複おもろ、一二一九と一二四九には鉄冑《かなかぶと》や鉄鎧《かなよろい》が謡いこまれている。そのおもろは次のようになっている。なお、おもろ本文は岩波文庫版『おもろさうし上・下』（外間守善校注、二〇〇〇）による。／は改行個所で、〔　〕内の大意は筆者の私見である。以下、同じ。おもろの「一」はおもろの始めを示す記号、「又」は節の始めとくり返しを示す記号である。

巻十七 - 一二一九
一宮城《みやぐすく》金子《こがねし》／良《よ》かる金子《こがねし》／金子《こがねし》に　こいや
又稲福《いなふく》に　上《のぼ》て／てだが前《まへ》　上《のぼ》て
又鉄冑《かなかぶと》　こいや／鉄鎧《かなよろい》や
又吾《あ》が弟者《おとぢや》　三人／吾《あ》が弟者《おとぢや》　四人

〔宮城金子、良かる金子、金子に、こいや〔囃子言葉〕、稲福に上って、てだ〔領主〕の御前に上

って、鉄冑、こいや、鉄鎧、わが弟者（同志）三人、わが弟者四人〕

このおもろからわかるのは、稲福にてだと称される人物がおり、その人物のもとに弟者と称される人物達が少なくとも三人やってくることがあり、稲福のてだか弟者が鉄の冑や鎧を身に着けていた、ということである。なお「上る」とは周縁から中心に移動することを示す語であり、稲福が弟者達のいる場所よりも中心的で上位であることを示している。

安里の指摘するように、中世日本の領主・土豪層の居館に似た居住空間を、かつて稲福で営んでいた人々と稲福おもろは無関係ではないだろう。

また、上原靜は兜片などの武具の出土地について、次のような遺跡名を挙げる（上原、二〇〇三、三一九～三二一）。

玻名城《はなぐすく》古島遺跡・伊原《いはら》遺跡・今帰仁《なきじん》城跡・勝連《かつれん》城跡・浦添《うらそえ》城跡・首里城跡・越来《ごえく》グスク・阿《あ》波根《はごん》古島遺跡・糸数《いとかず》城跡・保栄茂《ほえも》グスク

これらの遺跡のある場所はすべておもろに謡われ、ほとんどのぐすくからは輸入貿易陶磁器が出土することが確認されている。このことは、鎧を着た者がいた場所と交易拠点が重なっていたことを意味する（福、二〇一三、五五）。

『おもろさうし』には日本的な装いをした知花按司のおもろがある。九八六のおもろでは、目と眉と歯の美しい按司は鉢巻を締め、白い衣裳を着け、十重の御帯を廻し引き締め、大刀と腰刀を差し、山羊皮の草履を履き、馬曳きの小太郎に馬を曳かせ、白馬に黄金の鞍を掛け、前鞍には太陽の姿、後鞍には月の姿を描く、と謡われる。この眉目と歯の美しさは、通常は若い女性への褒め言葉である。島村幸一は「本歌にでる按司が女性のイメージで表現されるのは、馬による巡行が始原的には神や神女による表現としてあるからである」と述べる（島村、二〇一二、一〇二〜一〇三）。

島村の指摘は重要だが、外間守善は知花ぐすくが沖縄史上古いぐすくであることから、「ほぼ十三世紀の中葉から末葉ぐらいにかけて登場してきた地方の英雄であると考えられる」と述べる。外間は伊波普猷が知花按司の風貌について「既に鎌倉時代の影響を受けてゐたのではないかと疑はれる」とし、「三山時代の服装も之と大差はなかつたであらう」と指摘していることを紹介する（外間、一九七六、七九）。

島村は「按司という語は按司加那志を除いて、通常は男性をいう語である。このことから、本歌は男性の按司、しかも眉目秀麗な若い按司とも考えられる」と述べる。そして、島村は聞得大君に白い神衣裳を奉る、というおもろがあることから、「本例の「白掛《しらか》け御衣《みしよ》」は神女の神衣裳とする方が理解しやすい」と述べる（同書、一〇二〜一〇三）。この知花按司のおもろが知花按司その人の様子を囃したものとすると、鎌倉時代の武士の装いそのままの按司の姿と解釈できる。一方、神女や神霊が白馬に乗って巡行する様子を謡ったものと捉えると、祭祀幻想と綯《な》い交ぜになった人物の姿と解釈できる。どちらの解釈が妥当かは、にわかに判断できない。ただ、祭祀幻想といえども現実の人間の装いが反映されるはずである。筆者は知花按司のおもろは日本の武士の装いの影響を受けている、と考える。

また、運天港に上陸する鎧武者を謡ったおもろ（巻十四‐一〇二七）もある。この軍勢をおもろは、大和、やしろ（八代）の軍勢、とする。なお「やしろ」は、従来は山城と解釈されてきたが、折口信夫、谷川健一、吉成直樹は熊本の不知火海に面した八代と解釈する（吉成、二〇一一、一二四）。

田中健夫は戦国期に八代を領有した相良氏の『相良家文書』の中の「琉球円覚寺全叢書状」に注目する。この書状は嘉靖（明の年号）二十一年、天文十一年（一五四二）の日付をもつ。田中は「円覚寺の琉球国内における地位からみれば、この書状は琉球国王から相良義滋に宛てたものを全叢が代行したと考えることができる」と述べ、先学が文中の「国料之商船」を一般通商船と述べていることについて、「一般通商船といっても、当時、日明間には原則として勘合船の渡航しか許されていなかったのだから、ここに言われている一般通商船とは、おそらく琉球国と通商した博多商人・対馬商人・島津氏・種子島氏、あるいは南方諸地域の商船と同類だったという意味であろう。ともあれ、天文の初年から相良氏は九州戦国大名の一人として琉球貿易に重大な関心を持ち、国料船を派遣していたのである」と指摘している（田中健夫、一九九七、一四九）。

田中は、相良氏が幕府公許の船舶を海賊等の危難から守るため、渡唐勘合船の警固を命じられた文書を取り上げ、「不知火海は海賊横行の地域であり、この地域の日明通交上における重要性が認識されるとともに、その制海権を有する相良氏の存在が大きく浮びあがったのである」と述べる（同書、一五二）。田中はそのほかにも、相良氏の八代支配時代のことを記した一四八四年から一五六六年までの編纂史料、『八代日記』の対外関係の史料の二十六条をあげ、「二十六条の記事によって知られるのは、八代が交通の要衝であることを反映して、海外事情、渡航船・来着船の情報、海賊の動向などに関する情報が輻輳する地点だったこと、外洋航行船を造る能力をもっていたこと、商業地として繁栄していたらしいこと、それに何よりも重要なことは渡唐船団の発航基地であったという事実である」と述べる（同書、一五七）。

そして田中は『八代日記』から相良氏の渡唐船について次のように述べる（同書、一六六〜一六七）。

中国側の史料をみると、肥後刺史（相良氏）からの入貢船があったことが知られるが、日本側にはこれに対応する史料はなく、中国側史料には『八代日記』に登場した多数の渡唐船の動向を示す記事はまったく見られず、相良氏の大船市木丸も八代船をふくむ十八艘の大船団もその姿を見せない。そうなると、『八代日記』の渡唐船は明側から正式に認められた朝貢船ではなかったのである。そのことはまた市舶司によって処理される正式の外国からの通交貿易船でもなかったことを意味する。勘合を所持しないかさ屋・森などの個人による出船、規定の貢期も船数も無視した船団、これらはいずれも日本国王の公許を受けたものではなく、したがって中国側からも入貢を認められない私船すなわち密貿易船であった。なかには、天文二十二年（一五五三）・二十三年の場合のように、掠奪目的の渡唐船もあった。正式の入貢船以外の外国船をすべて倭寇船と考えて処理した中国側にとって、不知火海から来た渡唐船はすべて倭寇船だったのである。王直・徐海等の倭寇の首領は中国では沿海郷紳と結びついたが、日本では九州諸大名や豪族と結んだ。相良氏は大内・大友・島津・宗ほかの諸豪族とともに、倭寇の強力な援護者であり、またその一員だったのではないだろうか。倭寇活動によって得られた生糸・絹織物・銅銭・薬材・陶磁器・工芸品等は広範な後背地を有する八代相良氏にとっては魅力的な商品だった。五島を中心とする西九州海域に蟠踞していた王直以下、倭寇の存在は相良氏にとって好都合だったにちがいない。

田中の一連の指摘から、八代を支配していた相良氏は『八代日記』の時代（一四八四〜一五六六）、九州戦国大名の一員として琉球貿易に重大な関心を持ち、国料船を派遣していたこと、不知火海は海賊横行の地域であり、相良氏はその制海権を有していたこと、八代が交通の要衝であり、多くの情報が集まっていたことがわかる。また、相良氏は外洋航行船を造る能力をもっており、八代は商業地として繁栄していたらしいこと、そして渡唐船団の発航基地であり、しかもその渡唐船は密貿易船であり、相良氏も倭寇の一員だった可能性があることがわかる。

そのような大和（日本本土、より狭くは九州）の八代から沖縄島北部の勢理客に上陸してくる鎧武者に向かって一〇二七のおもろの勢理客のろは、雨を降らせて鎧を濡らす。田中の論からわかるように、相良氏は琉球に国料船を派遣しており、実際に八代の人々は琉球を訪れたのである。ただ、このおもろの「大和《やまと》の軍《いくさ》　やしろの軍《いくさ》」は勢理客ののろに歓迎されているとは言い難い。このおもろの軍勢が、渡唐船を警護する任務を担うと同時に倭寇的な活動をしていた相良氏周辺の八代の勢力の、倭寇的な側面を表現している可能性もある。なお、折口信夫は第一尚氏の王は九州から沖縄島に渡来した人物ではないか、と述べており、谷川健一もその説を発展的に継承している（谷川、二〇〇七・二〇一二）。おもろ語の「やしろ」について詳しくは次節で述べる。

# やしろ

『おもろさうし』の「やしろ（「やしる」も同義）」の九例の用例は次のようになっている。

巻三‐九三
一聞得大君《きこゑぎみ》ぎや／鳴響《とよ》む精高子《せだかこ》が／按司襲《あんじおそ》いしよ　よ知《し》れ
又島討《しまう》ち吉日《ゑか》　取《と》りよわちへ／世添《ゆそ》い吉日《ゑか》　取《と》りよわちへ
（中略、戦勝のせぢ（霊力）を降ろし、軍隊の心が強くあれと祝福する、神女達が守護すること、大和島の野郎頭の兵士の心を迷わせ、倒して切り刻んでしまおう、と謡われる）
又大和島《やまとしま》ぎやめむ／やしる国《くに》ぎやめむ／又糸《いと》　渡《わた》ちへ　掛《か》けわれ／又縄《な》　渡《わた》ちへ　掛《か》けわれ
（又）首里杜《もり》　かなて／真玉杜《まだまもり》　かなて／又厳子《いつこ》　祈《いの》られて／くはら　誇《ほこ》られて
又聞得大君《きこゑぎみ》ぎや／てるかはに　知《し》られ、
（聞得大君が、鳴り轟く霊能高いお方が、国王様こそ世を支配せよ、島を討つ吉日、世を支配する吉日を選び給い（中略）、大和島、やしる国まで糸や縄を渡し掛け給え、首里杜、真玉杜は守護して、兵士は祈られ、兵士は誇られ、聞得大君こそ太陽神てるかはに申し上げ）

巻三‐九六
一聞得《きこゑ》大君《ぎみ》ぎや／大和《(や)まと》　頼《たよ》り　成《な》ちへ／厳子《いつこ》　嘆《なげ》かすな
又鳴響《とよ》む精高子《せだかこ》が／やしる　衆生《しぢや》に　成《な》ちへ（後略）
〔聞得大君は大和を頼りにして、鳴り轟く霊能高いお方はやしろを臣下にして、兵士達を嘆かすな。おもろ後半では霊力であるせぢを降ろして野郎頭の者達（本土から襲来した敵兵）を迷わし、久米島の神女達とも力をあわせる、と謡われる〕

巻三‐九七
一地《ぢ》天鳴響《とよ》む大主《ぬし》／にるやせぢ　知《し》らたる／せぢや　遣《や》り／大和島《やまとしま》　治《ひぢ》め
（又）大島《だしま》鳴響《とよ》む若主《わかぬし》／かなやせぢ　知《し》らたる
〔中略、首里城の国王様、兵士達を出陣させるごとに撃ち遣り鳴り轟き、島踊りは勝れ給え、兵士達は刀の錆を付けるな、兵士達を押し立てて那覇港の入り口に停めよ、霊力ある船を浮かべるだけ見守ろう、と謡われる〕
又大和前坊主《やまとまへぼじや》の／あよなめの厳子《いつこ》／又やしる前坊主《まへぼじや》の／ことなめのおが衆生《つぎや》
又精軍《せくさ》て丶　立《た》てば／干瀬《ひせ》と　合《あ》わちへ　つい退《の》け
又ゑそこて丶　立《た》てば／にるや底《そこ》　つい退《の》け

又肝《きも》が内《うち》に　思《おも》わば／肝垂《きもた》りよ　しめれ
又肝《あよ》が内《うち》に　思《おも》わば／大地《だいち》に　落《おと》ちへ　捨《す》てれ
又天が下　国数《くにかず》／大主《ぬし》す　よ知《し》らめ
〔地から天に鳴り轟く大主はにるやせぢにすぐれている、大島に鳴り轟く若主はかなやせぢにすぐれている、せぢを遣り、大和島を支配せよ（中略）、大和野郎頭の無礼な兵士、やしろ野郎頭の無礼な下郎、軍勢が立ったならば干瀬とぶつけて退けよ、兵船が立ったならば海の底へ退けよ、心の内に思ったならば気力を失わせよ、心の内に思ったならば大地に落として捨てよ、天下の国々を大主こそ支配せよ〕

巻十 - 五三八
一伊敷下《いしけした》／世果報《ようがほう》　寄《よ》せ着《つ》ける　泊《とまり》／又愛《かね》し金殿《かねどの》よ
〔中略、伊敷、傾斜地を削り直して、楠の大和船を造って、と謡われる〕
又大和旅《やまとたび》　上《のぼ》て／又やしろ旅《たび》　上《のぼ》て
又珈玻瓓《かはら》　買《か》いに　上《のぼ》て／又手持《ても》ち　買《か》いに　上《のぼ》て
又思《おも》い子《ぐわ》の　為《ため》す／又わり金《がね》が　為《ため》す
〔伊敷の下は世果報を寄せつける港だ、勝れた金殿よ（中略）、大和旅、やしろ旅に上って、大きな勾玉、手持ち玉を買いに上って、思い子のわり金の為にこそ〕

巻十一・六三七（二例）・巻二十一・一四九七（二例）

〔この二点はほぼ同じおもろが重複記載されている重複おもろ、用例は六三七〕

一しのくりやは／世馴《よな》れ神《がみ》やれば／やれ　このゑ
又しのくりやが／大和旅《やまとたび》　上《のぼ》て／やれ　このゑ
又神《かみ》にしやが／やしろ旅　上《のぼ》て／やれ　このゑ
又大和旅《やまとたび》／何《なお》　買《か》いが　上《のぼ》て／又やしろ旅《たび》／何《なお》　買《か》いが　上《のぼ》て
又青《あお》しや上玉《てうたま》／買《か》いが／又ふくしや上《てう》つしや／買《か》いが

〔しのくりや神女は世馴れ神であるから、しのくりや、神女様が大和旅、やしろ旅に上って、大和旅、やしろ旅に何を買いに上ったか、青い上等の勾玉を買いに〕

巻十四・一〇二七

一勢理客《せりかく》ののろの／あけしののろの／雨《あま》くれ　降《お》ろちへ／鎧《よるい》　濡《ぬ》らちへ
又運天《うむてん》　着《つ》けて／小港《こみなと》　着《つ》けて
又嘉津宇嶽《かつおうたけ》　下《さ》がる／雨《あま》くれ　降《お》ろちへ／鎧《よろい》　濡《ぬ》らちへ
又大和《やまと》の軍《いくさ》／やしろの軍《いくさ》

〔勢理客ののろの、あけしののろの、雨を降ろして鎧を濡らして、運天に着けて、小港に着けて、嘉津御嶽の山に下がる雨を降ろして鎧を濡らして、大和の軍、やしろの軍」

以下、これらのおもろを解釈する。なお一〇二七については既に述べたので、措《お》く。

九三は聞得大君による戦勝祈願のおもろである。聞得大君が吉日を選び、戦勝の霊力を降ろし、心を強くあれ、と鼓舞する兵士達の敵は大和島厳子《やまとしまいつこ》・前坊主《まへぼじ》のくはらである。敵達を倒して切り刻み、大和島まで、やしる国まで、糸や縄を掛け渡し（支配し）給え、首里杜、真玉杜は守護して、兵士は祈られ誇られ、聞得大君こそ太陽神てるかはに申し上げよ、とおもろは謡う。

九三で注意すべきは「大和島まで、やしる国まで糸や縄を渡し掛け給え」である。『おもろさうし辞典・総索引　第二版』（仲原・外間編、一九七八、以下は辞典名のみ記す）の「いと」の項には「糸。物質的な糸を意味するだけでなく、糸や縄には人の心、生命の意がある」とある。また同辞典の「なわかけのまみや（縄掛けの真庭）」には「「なわかけ」には縄を掛けることによって地方を守護し支配するの意味がある。「まみや」は神祭りの場所の美称。対語「いとかけのまみや」」とある。九三と同じ巻三の一〇一のおもろの最終節は「又按司襲《あぢおそ》いや／今《いみや》からど／天ぎや下／糸《いと》　掛《か》けて　ちよわれ（国王様は今からこそ、天下に糸を掛けて〈天下を支配して〉ましませ）」となっている。また一五七八年の尚永王の王権儀礼、君手摩《きみてづ》りの百果報事《もゝがほうこと》のおもろ、巻十二‐七三五の最終節には「又吾《あ》が守《まぶ》る按司襲《あぢおそ》い／天《てに》〔が〕下／糸《いと》　掛《か》けて　ちよわれ（吾が守る国王様は天下に糸を掛けて〈天下を支配して〉ましませ）」とある。また巻七‐三五一は「一大君《きみ》は　崇《たか》べて／世誇《ほこ》

りは　げらへて／天が下　縄《なわ》　掛《か》けて　ちよわれ／又国守《くにも》りは　崇《たか》べて（大君、国守り神女を崇敬して、世誇り〈首里城の世誇殿〉を造営して、天下に縄を掛けて〈天下を支配して〉ましませ）」となっている。これらの用例は首里城を基点に糸や縄を掛ける、と謡うことで国王の支配が糸や縄を掛ける範囲に及ぶことを象徴している。

　それでは九三は何を意味しているのだろうか。前述のように九三のおもろで敵視されているのは大和の兵士である。それなのに九三は大和島、やしる国まで糸や縄を渡し掛け給え、と謡っている。大和と敵対しつつ大和島、やしる国を支配し給え、とは琉球側の気概を表すのかもしれない。九六のおもろで敵視されているのは前坊主《まへぼじや》であり、これは髪の前半を坊主のように剃った野郎頭を意味する。ここでは大和を頼りになして、やしるを臣下になして、と謡われる。その上でせぢ（霊力）を降ろして前坊主を迷わして、下賤なものを欺いて、と謡われる。前坊主は大和にもやしるにもいるはずだが、九六では大和とやしる、そして久米島勢力の助力も仰いで前坊主にダメージを与えようとしている。

　九七のおもろで敵視されているのは大和前坊主とやしる前坊主である。おもろでは敵を干瀬にぶつけ、海底の底に沈め、大地に落として捨てよ、と罵っている。上里隆史は九七のおもろを「大和前坊主《やまとまえぼじや》（月代《さかやき》を剃った日本人への侮蔑の言葉）」に対し、「英祖にや末按司添《おそ》い（王の尊称。尚永王の神号）」、「てだが末按司添い（尚寧王の神号）」が「精軍《せいくさ》（軍勢）」を発し、彼らを干瀬（岩礁）にぶつけ「にるや底（ニライ・カナイの底）」に沈めよ、という呪詛が謡われていると解釈し、「月代が一般に普及したのは応仁の乱（一四六七年）以降というから、オモロで謡う「前坊主（月代）」の武士は鎌倉・南北朝時代の武士団などではなかろう」と述べる。そして、おもろは儀礼において何度も繰り返す歌としての性格を持っているので特定の日時の史料として扱うことには慎重でなければならない、とことわった上で「少なくとも古琉球期において外敵の侵入に際し、それを撃退するための祈願が行われていたことはうかがえよう」と述べる（上里、二〇〇九、二九二）。大和、やしろの前坊主は十五世紀後半以降に琉球に襲来し、琉球の王府祭祀で呪詛されたのである。

五三八は愛《かね》し金殿《かねどの》という人物が伊敷《いしけ》の下の泊を整備し、楠の大和船を造り、大和旅、やしろ旅に勾玉や手持ち玉を買いに上ることが謡われる。このおもろについて、かつて筆者は他所において「琉球から九州南部の航海がやまと旅・やしろ旅だとすると、五三八のおもろの人物は、九州南部にカハラ玉こと大ぶりの勾玉を求めて船出した、ということになる。しかもこの人物は楠の大和の船を作って九州へ上る、つまり北上するのである。殿である彼は、周縁の沖縄島からより上位で中心的な本土へ上る。殿の呼称と相まって、彼がかつて本土や九州から沖縄島へ下った人物、あるいはそのような人物を祖に持つ末裔だった可能性も考えられる」と述べたことがある（福、二〇一三、一一六）。

愛し金殿にとって、大和、やしろは勾玉や手持ち玉を買うために旅する地である。田中健夫は前掲のように、相良氏が支配していた八代は「商業地として繁栄していたらしい」と述べる（田中健夫、一九九七、一五七）。そのやしろに、思い子のわり金のために玉を買いに金殿は上って行ったのである。

六三七と重複おもろの一四九七は、久米島のしのくりや神女は世馴れ神であるから、大和旅、やしろ旅に上り、青色の上等のかはら玉を買いにいく、と謡われる。五三八と同じく、大和、やしろへの旅の目的は玉である。

そして一〇二七は前述の運天港に上陸してくる大和《やまと》の軍《いくさ》・やしろの軍《いくさ》に向かって勢理客の神女が鎧に雨を降らせて濡らそうとしているおもろである。神女が雨を降らせることができたとしても、本土から南下した軍兵へ与えるダメージはなさそうである。

これらのおもろの大和・やしろのあり方を簡単にまとめると次のようになる。

九三　敵＝大和島厳子・前坊主くはら　大和島・やしる国まで糸・縄を渡し掛け給え
九六　敵＝前坊主　大和を頼りになす・やしるを衆生になす
九七　敵＝大和前坊主・やしる前坊主　敵を海底、大地に落として捨てよ
五三八　大和旅・やしろ旅にかはら玉や手持ち玉を買いに上る
六三七・一四九七　大和旅・やしろ旅に青い上等の玉を買いに上る
一〇二七　大和の軍・やしろの軍　勢理客の神女が鎧に雨を降らせる

大和旅・やしろ旅のおもろは、共に玉を買いに行く、という内容を持つ。南西諸島産ではない玉を商業地として栄えていたらしい八代に買いに行く、というのはよく理解できる。また、大和の軍・やしろの軍のおもろは、やしろの勢力の倭寇的な側面を示しているようである。

一方、琉球王国の軍と敵を明示するおもろにおいて、やしろの位置付けは複雑である。すべてのおもろで敵は前坊主であるが、九三は大和・やしるまで糸・縄を渡し掛け給え（支配し給え）、九六は大和を縁者にし、やしるを臣下になす、九七は大和、やしるが呪詛すべき敵となっている。九三は琉球を中心に大和・やしるまで支配しよう、九六も琉球を大和・やしるよりも上位の存在として謡っているが、九七では敵対勢力とされている。このような大和・やしろのおもろにおける位置付けの揺れは、琉球とやしろが時に同盟を結び、時に琉球が上位者として振る舞い、時に激しく敵対した事実を幾分か反映しているのかもしれない。しかし、そのことをおもろ以外の史料から証明することはできない。

なお吉成直樹は琉球国王が南九州の領主層と君臣関係を結んでいたことを指摘し、従来、薩摩の琉球侵攻に関連付けて解釈されてきた九六の「やまと」を薩摩、「やしる」を薩摩の奥の八代と捉える。そして「実際に、薩摩の島津氏や肥後の相良氏などを臣下にしていたことを考えれば、その事実を背景にしたおもろと解釈したほうがはるかに現実味があろう」と述べる（吉成他、二〇一五、一八九〜一九〇）。九三についても同様の指摘をしている。この指摘をふまえると、九三では琉球が薩摩と八代の上位者、九六では薩摩が友軍で八代が臣下、九七では薩摩も八代も敵対者、ということになる。

島津氏の権力の増大に伴い、琉球と薩摩の力関係は逆転した。また豊臣秀吉の朝鮮侵略の際、島津氏は琉球を与力扱いし、多額の負担を求めた、という（同書）。南九州の領主層と琉球の関係は十五世紀から十七世紀にかけて目まぐるしく変化した。吉成の指摘をふまえると、その消息の一部がこれらのおもろに表現されている、と考えることもできる。

なお冒頭に紹介した日本経済新聞電子版（二〇一五年七月三十日付）の村上恭通の言葉どおり、十二世紀の製鉄炉跡崩リ《くずり》遺跡は熊本県付近の有明海沿岸、まさに八代あたりの技術的な影響を受けて成立しているのである。

また前掲のように田中史生が城久遺跡群から検出される庇のついた建物や高倉に注目し、「そこに、南九州の特徴をそなえた領主層の建物との共通性が指摘されているからである」（田中史生、二〇一六、二二二）と述べていることも注目に値する。村上、田中史生の指摘は十一～十二世紀の南九州と喜界島の関係を示唆している。

また、三上次男は「沖縄諸島で発見される十四～十五世紀初期の青磁の輪花形の小碗・皿とまったく同じものが九州とくに熊本県の諸遺跡から出土している」（三上、一九八七、二二三）と指摘する。このことは熊本、即ちおもろ世界のやしろから青磁の小碗や皿を携えて沖縄島に南下した人々の存在を思わせる。いずれにせよ、熊本と喜界島、そして熊本と沖縄島を往還した人々は確実に存在していたのである。

八代と琉球には船の往還があった。その船が八代からの南下、あるいは琉球からの北上の途中、奄美群島の島々に補給や休息、あるいは風待ちのために立ち寄ったのは確実である。

## 奄美群島の地名

ここでは奄美群島の地名が謡い込まれたおもろの番号を示す。なお、おもろの原本では巻一、巻二ではなく第一、第二と書かれている。本著では比較的慣用的に用いられる巻を用いる。また、前掲の池宮正治の論文では九四八、九五〇も奄美おもろに含めている。以下の表では（池宮による）と断ってこの二点のおもろも含めることとする。なお、永山修一、村井章介も夙に奄美群島の地名が謡いこまれたおもろに注目している（永山、二〇〇七、三五～三六・村井、二〇〇七、六四）。

| 巻 | 番号 | おもろでの地名〈比定地〉 |
|---|---|---|
| 巻一 | 四 | 笠利《かさり》〈奄美大島笠利町〉 |
| | 六 | 喜界《きゝや》の浮島《うきしま》・喜界《きゝや》の焼島《やけしま》〈喜界島〉 |
| | 四一 | 俵掟《ひようおきて》〈加計呂麻《かけろま》島の俵の掟（村役人）〉 |
| 巻二 | 五三 | 徳《とく》・大みや〈徳之島・奄美大島〉 |

| | | |
|---|---|---|
| 巻四 | 一六五 | せりよさ〈沖永良部島の古名〉 |
| 巻五 | 二三七 | 奥武《あう》の嶽《たけ》・かゑふた〈与論島の嶽（神祀る嶽）か・与論島〉 |
| 巻七 | 三五〇 | きくやなき嶽《たけ》〈沖永良部島の嶽〉 |
| 巻十 | 五四一 | 大みつのみぢよい思《も》い・古里《ふるさと》のみぢよい思《も》い〈与論島の古里のみぢよい思い（人物）〉 |
| | 五五四 | 喜界《きゝや》の浮島《おきしま》・喜界《きゝや》の盛《も》い島《しま》・浮島《おきしま》・辺留笠利《ひるかさり》（二例）・中瀬戸内《せとうち》（二例）・金《かね》の島《しま》（二例）・せりよさ（二例）・かいふた（二例）〈喜界島・奄美大島笠利町辺留・奄美大島瀬戸内の海峡・徳之島・沖永良部島・与論島〉 |
| | 五五五 | かいふた・金杜《かなもり》〈与論島〉 |
| 巻十二 | 七一〇 | 大みや・瀬戸内《せんとうち》〈奄美大島・奄美大島の瀬戸内地方〉 |
| 巻十三 | 八五〇 | きくやなき嶽《たけ》・永良部《ゑらぶ》〈沖永良部島の嶽・沖永良部島〉 |
| | 八五七 | 赤金《あかかに》〈沖永良部島の船頭か〉 |
| | 八五八 | 永良部《ゑらぶ》むすひ思《よも》へ〈沖永良部島の人物、むすひ思へ〉 |
| | 八五九 | 永良部《ゑらぶ》・離《はな》れ〈沖永良部島〉 |

| | | |
|---|---|---|
| 八六〇 | | 永良部《ゑらぶ》孫八《まこはつ》・離《はな》れ孫八《まこはつ》〈沖永良部島の人物、孫八〉 |
| 八六一 | | 永良部《ゑらぶ》世の主《ぬし》・離《はな》れ世の主《ぬし》〈沖永良部島の世の主（支配者）〉 |
| 八六七 | | 徳《とく》・大みや〈徳之島・奄美大島〉 |
| 八六八 | | 喜界《き、や》の浮島《うきしま》・喜界《き、や》の盛《も》い島《しま》・浮島《うきしま》・辺留笠利《ひるかさり》（二例）・中瀬戸内《せ(とう)ち》（二例）・金《かね》の島《しま》（二例）・せりよ（ゆ）さ（二例）・かゑふた（二例）〈喜界島・奄美大島笠利町辺留・奄美大島瀬戸内の海峡・徳之島・沖永良部島・与論島〉 |
| 九二八 | | かゑふたの親《おや》のろ・根《ね》の島《しま》の親《おや》のろ〈与論島の親のろ神女〉 |
| 九二九 | | かゑふたの親《おや》のろ・根《ね》の島《しま》ののろ〱〈与論島の親のろ神女・与論島ののろ達〉 |
| 九三〇 | | かゑふたの親《おや》のろ・根《ね》の島《しま》の親《おや》のろ・真徳浦《まとくうら》〈与論島の親のろ神女・立派な徳之島の浦〉 |
| 九三一 | | 与論《よろん》こいしの・離《はな》れこいしの・真徳浦《まとくうら》〈与論島のこいしの神女・立派な徳之島の浦〉 |

| | |
|---|---|
| 九三二 | 与論《よろん》こいしの・根国《ねくに》こいしの・真徳浦《まとくうら》〈与論島のこいしの神女・立派な徳之島の浦〉 |
| 九三三 | かゑふたの親《おや》のろ・根《ね》の島《しま》の親《おや》のろ〈与論島の親のろ神女〉 |
| 九三五 | 永良部《ゑらぶ》世の主《ぬし》・離《はな》れ世の主《ぬし》・永良部島《ゑらぶしま》〈沖永良部島の世の主・沖永良部島〉 |
| 九三六 | 永良部《ゑらぶ》世の主《ぬし》・離《はな》れ世の主《ぬし》・与和泊《よわとまり》〈沖永良部島の世の主・沖永良部島の与和の港〉 |
| 九三七 | 永良部《ゑらぶ》せりよさ・離《はな》れせりよさ〈沖永良部島〉 |
| 九三八 | 請《うけ》・与路《よろ》・徳《とく》・永良部《ゑらぶ》〈請島・与路島・徳之島・沖永良部島〉 |
| 九三九 | 喜界《きゝや》・大みや〈喜界島・奄美大島〉 |
| 九四〇 | 田皆嶽《たみなたけ》・西銘嶽《にしめたけ》・せりよさ〈沖永良部島の嶽・沖永良部島〉 |
| 九四一 | 永良部《ゑらぶ》やむま嶽《たけ》・離《はな》れやむま嶽《たけ》〈沖永良部島の嶽〉 |
| 九四二 | 永良部《ゑらぶ》・離《はな》れ〈沖永良部島〉 |
| 九四三 | 徳山《とくやま》の撫《な》で松《まつ》・西嶽《にしたけ》の撫《な》で松《まつ》〈徳之島西嶽の山の松〉 |
| 九四四 | 徳《とく》（二例）〈徳之島〉 |

| | | |
|---|---|---|
| | 九四五 | 与路渡《よろと》・たかまる・けなち嶽《たけ》〈与路島沖の船の難所・与路島の嶽・喜界島の花良地御嶽か〉 |
| | 九四六 | 赤木名《あかぎな》ののろ・根《ね》の島《しま》ののろ〈奄美大島赤木名ののろ〉 |
| | 九四七 | 赤木名《あかぎな》の百神《もゝかみ》・根《ね》の島《しま》の八十《やそ》ののろ〈奄美大島赤木名の大勢の神女達〉 |
| | 九四八（池宮による） | 西杜・中杜〈比定地未詳〉 |
| | 九四九 | 名瀬《なせ》の祭神《まつりかみ》・有屋《あるや》奇《く》せ宣《せ》り子《きよ》（三例）・伊津部《いつぶ》祭神《まつりかみ》・名瀬《なせ》の浦《うら》（二例）〈奄美大島名瀬の祭りをする神女・名瀬の有屋の神女・名瀬の伊津部の祭りをする神女・名瀬の浦〉 |
| | 九五〇（池宮による） | おわん嶽・てらち嶽〈比定地未詳〉 |
| | 九五七 | 大みつのみて思《も》い・古里《ふるさと》のみて思《も》い〈与論島の古里のみて思い〉 |
| | 九五八 | 永良部《ゑらぶ》むすひ思《よも》へ〈沖永良部島のむすひ思へ〉 |
| 巻十四 | 九九〇 | 請《うけ》の鳥《とり》・離《はな》れ鳥《とり》〈請島の鳥〉 |

## 一〇〇九　かいふたの親《おや》のろ・金杜《かなもり》の親掟《おやおきて》〈与論島の神女〉

これらのおもろのうち、六・四一・七一〇の用例の個所は、混入おもろの混入部分である。混入おもろとは、一点のおもろに別のおもろが混入している事例である。また、五四一と九五七、そして五五四と八六八は重複おもろである。重複おもろとは、細かい詞句が異なる場合はあるものの、ほとんど同じ形のおもろが別の個所に記載されている事例である。

奄美に関連する地名を持つおもろが収録されている巻のうち、巻一はおもろ編纂の意図を持っていた、という尚真王の子の尚清《しょうせい》王時代（一五三一年）にまとめられた原おもろさうしである。編集年次は巻一の扉に書かれている。おもろが最終編纂された、と推定されるのは一六二三年であり、巻一はおもろが作り謡われた古い時代の息吹を残している。巻一は第二尚氏の最高神女、聞得大君《きこえのおおきみ》のおもろを集成している。

巻二は中城《なかぐすく》・越来《ごえく》のおもろを集成し、編集年次は万暦四十一（一六一三）年と扉に記される。巻四は聞得大君に次ぐ高位の神女である煽《あお》りやへと差笠《さすかさ》のおもろ、巻五は首里のおもろ、巻七は南部（首里）のおもろ、巻十は舟の漕行、行進歌のおもろ、巻十二は神遊びや舞遊びのおもろ、巻十三は舟の帆走のおもろ、巻十四は集団舞踊を伴うおもろである。なお巻十四は扉に編集年次を示さないが、巻四・五・七・十・十二・十三は天啓三（一六二三）年と扉に記される。

これらの奄美群島の地名を概観すると、奄美大島、徳之島、喜界島、沖永良部島、与論島、加計呂麻島などの比較的大きな島々のほか、請島、与路島なども謡いこまれていることがわかる。

## とからあすび

与論島のおもろには「とからあすび」と称する神名がある。「とからあすび」のとからは鹿児島県に属する現実の吐噶喇《とから》列島に由来するのではないか。伊波普猷は「神名「とから遊び」は、多分土喝喇七島（筆者注、吐噶喇列島）の称と縁を引いたものであらう。古くは大島を大宝島《おほたからしま》といつた、と或古老が語つたとのことだから、ことによると、「おくとより上」を宝島と云つてゐたかも知れない」と述べる（伊波普猷全集五巻、一九七四、四五八）。

吐噶喇列島は奄美群島の北にあり、航海に巧みな海民がいた島々である。ここでは奄美のおもろに登場する「とからあすび」について考察する。この神名については共著で言及したことがある（吉成・福、二〇〇七、二七三〜二七五）。

巻十三 - 九二八
一かゑふたの親《おや》のろ／とからあすび　崇《たか》べて／うらこしちへ／袖《そで》　垂《た》れて　走《は》りやせ
又根《ね》の島《しま》の親《おや》のろ／又のろ〳〵は　崇《たか》べて／又神々《かみ〲》は　崇《たか》べて
又北風《にし》　乞《こ》わば　北風《にし》　なれ／又南風《はゑ》　乞《こ》わば　南風《はゑ》　なれ

〔与論島の親のろ、根の島の親のろはとからあすびを崇敬して、もどかしがって、袖が垂れてすっと進むように船を走らせよ、のろ達、神（のろより下位の神女）達は（とからあすびを）崇敬して、北風を乞うたら北風になれ、南風を乞うたら南風になれ〕

巻十三 - 九三三

一かゑふたの親《おや》のろ／とからあすび　崇《たか》べて／吾《あん》　守《まぶ》て／此渡《と》　渡《わた》しよわれ

又根《ね》の島《しま》の親《おや》のろ

〔与論島、根の島の親のろはとからあすびを崇敬して、私を守ってこの渡（航海上の難所）を渡し給え〕

おもろの「とからあすび」は与論島の神女達の祈願によって風向きをかえる。それによって海の難所を渡る者を守護することが期待されている。船の航行が風まかせだった時代、祈願によって望む風を吹かせる神は航海従事者の絶大な信仰を集めたはずである。

この「とからあすび」を『おもろさうし辞典・総索引　第二版』は「神名。与論島の神名」とする。そして『沖縄古語大辞典』（『沖縄古語大辞典』編集委員会、一九九五、以下、辞典名のみ記す）は「与論島の神名か、あるいは、神遊びの名か、不詳」とする。九二八と九三三は共に与論島の神女達が「とからあすび」を崇敬することを謡っているので、これらの辞典の解釈となるのはよく理解できる。

吐噶喇列島は奄美群島のすぐ北であり、『日本書紀』にもその名が登場する。三木靖はトカラの登場する次のような記事を挙げる。

・白雉《はくち》五（六五四）年四月、「吐火羅」国の男二名、女二名、「舎衛」の女一名が暴風のため日向国に漂着した。

・天豊財重日足姫天皇《あめとよたからいかしひたらしひめのすめらみこと》（斉明天皇）三（六五七）年七月三日、「覩貨邏」国の男二名、女四名が筑紫に漂着した。彼等は初め「海見」に漂着した。駅馬で朝廷に連れてきた。

・同前天皇五（六五九）年三月十日、「吐火羅」の人が「妻舎衛」の夫人とともに朝廷にやってきた。

・同前天皇六（六六〇）年七月、「都貨邏」の人乾豆波斯達阿《けんつはしたつあ》が帰りたいので使者を出して欲しいとの頼みだったが、帰って後、再度朝廷に来るという証拠として妻を留め、数十人の仲間と西海路に向かった。

三木は「「吐貨邏」と「舎衛」はセットになって登場することが多い。「舎衛」は独立して登場したことがなく、常に「吐貨邏」とペアであり、「吐貨邏」がいつも先に書かれているので、「吐貨邏」で代表させていい」と述べる。そして薩南の島々が「屋久、トカラ、種子という順に登場することから言うと「トカラ」はトカラ列島でいいが、記述内容から言うとトカラ列島以外も考慮せざるをえない」、「なお、もし「トカラ」がトカラ列島を指しているのであれば、七世紀五十年代から七十年代までは、南島のなかでも薩南諸島のトカラ列島勢が朝廷とのつながりを強めようとしたことを反映しているとみて、トカラ列島勢が朝廷との関係構築に積極的だったと考えられる」と述べる（三木、二〇〇七、一一五・一一六）。

三木の指摘のように『日本書紀』の七世紀の記事に登場するトカラをすべて吐噶喇列島とみなすことには疑問がある。ただ、吐噶喇列島を示す部分もあると考えられる。トカラの名は古くから存在していたのである。

なお、比嘉春潮は、沖縄人は大和地方と交通するより前に薩摩大隅地方と島伝い浦伝いに交通していたことはあり得ることである、と述べ、「八世紀に編述された大隅風土記には「海中の州は隼人の俗語に必至《ひし》といふ」とあって、沖縄方言と同じなのも、両地方の古い関係を示すものである。だから地理的に見て、すでに開かれていた九州地方その他との交通路が七世紀になって大和まで延びたというべきであろう」と述べる（比嘉、一九六五、二七）。

谷川健一も「鹿児島県曽於郡大崎町大字菱田は必至の里の遺称地とされている」、「沖縄の干瀬は島の周囲にある暗礁を指す。干瀬は満潮時にはかくれ、干潮時は姿を現す」ことを示し、「いずれにしても、『大隅風土記』逸文に必至の里の名が出てくることから、古い言葉であるに違いない」と述べている（谷川、二〇一〇、一一三）。

吐噶喇列島の人々は航海の技術に長じていた。かつて共著で先学に拠って、七島（筆者注：吐噶喇列島）船頭衆は、吐噶喇列島周辺はいうに及ばず、琉球、中国の海域を自在に航海する海洋民であり、朝鮮出兵（壬辰・丁酉倭乱、一五九二～九八年）や島津の琉球出兵（一六〇九年）の先導役を務めていること、中国沿岸まで活動域を広げていたこと、そして自由貿易市場である琉球への貿易に依拠していたことを指摘し、「このようにトカラ列島の人々は、朝鮮半島から琉球へといたる海上航路を熟知し、媒介者として、琉球王国成立に大きな役割を担ったと考えられる」と述べた（吉成・福、二〇〇七、一九二～一九三）。

同様に谷川健一は、吐噶喇列島は七島とも呼ばれ、奄美大島と七島の間には海の難所の七島灘があることから、七島には老練な船乗りが多く、薩摩と琉球を結ぶ海の道を熟知していたことを指摘し、薩摩藩の琉球侵略の際は七島の楫師が水先案内をつとめた、と述べる。また、次のようにも指摘している（谷川、二〇一〇、一二七）。

吐噶喇列島の廻船商人たちは、明国と直接交易をしていたという事実もあったようである。琉球国との交易を業務としていた船待商人たちがいて、その下に多数の水手を抱えていた。七島衆の一部は那覇に居をかまえ、薩摩藩から借銀を申し込まれるほど富裕な者もいた。『琉球国由来記』によると那覇市若狭町に「トカラ小路」という地名が残っていて、昔、トカラの裕福な廻船商人たちが、このあたりに住んでいたことを伝えている。

新東晃一は『十島村史』の「先史時代のトカラ」において、先学に拠って吐噶喇列島の島々の遺跡や遺物を紹介しているが、その中で、交易によってもたらされたと考えられるのは次のようなものである。碗や香炉の後の「品名が漢数字」の漢数字は個数である（新東、一九九五、三八一〜四二六）。

・口之島（宋・元代の中国製品）
褐釉長胴壺（十三世紀代）・黒釉四耳壺・黒茶釉双耳壺
・中之島
黒釉四耳壺（広東省か福建省の民窯の生産か）
・臥蛇島
龍泉窯系統の青磁碗が二（十二世紀中葉〜後半代）・青磁小碗と青磁皿（生産窯不明）・黒釉碗・青磁香炉が三（日本製品の可能性もあり）・高麗青磁が三（十二世紀後半〜十三世紀と想定）・青磁劃花唐草文皿（タイ陶磁の可能性を指摘）・陶質長壺が三（うち一つは泉州窯産の粗陶、十二世紀〜十三世紀と想定）・明代の青花が五
・諏訪之瀬島切石遺跡祭祀遺構
一・一メートル×〇・九メートル、深さ〇・三メートルの不整円形の土壙の内部から一三八個

体の陶磁器と十六個体の灯明皿が逆さまに重ねられた状態で出土。陶磁器の器種は碗と皿に限定される。陶磁器は十四世紀後半のものから十八世紀の幅広い時期のものが含まれており、土壙は十八世紀以降に構築されたことになる。特殊な祭祀の場であったことが想定される

・諏訪之瀬島切石遺跡崖面

陶質土器（カムィヤキ窯系土器）壺（十二世紀〜十三世紀代）・白磁合子（十二世紀〜十三世紀代）・青花皿（明代の十六世紀中葉前後）・薩摩焼長首壺と香炉（十七世紀代）・銅鏡が四（うち一面は宋代か高麗時代の製品）・古銭が四・鰐口が二・ガラス玉が七

・諏訪之瀬島浜原古石塔墓群

小壺（薩摩焼？）・長頸壺（白磁）

・悪石島

龍泉窯の青磁鎬蓮弁文碗（十三世紀代）・龍泉窯の無文青磁碗（十四世紀代）・中国江南地方の褐釉四耳壺（南宋から元代）・中国華南地方の三彩陶器が四（魚型水滴が一とティーポット型の水注が三）・タイのスワンカローク窯の青磁壺が三（十四世紀後半〜十六世紀初頭）ほか（十二世紀に遡りうる中国陶磁器や明代後半の青花水注や碗、肥前陶磁器類）

・宝島

湖州鏡が一、古銭が三十五（北宋、明、江戸時代、時期不明のもの）

臥蛇島や悪石島の遺物である龍泉窯青磁が日本中世にとても人気があったことはよく知られている。徳留大輔は「日本では十四世紀段階、龍泉窯系青磁と景徳鎮産の枢府手の白磁および磁州窯系の白地鉄絵製品などが流入している。その中でも龍泉窯系青磁は、中国に派遣された寺社の造営費用を捻出するための寺社造営料唐船「天龍寺船」の名称にちなんで、天龍寺青磁とも称されている。一三二三（至治三）年に、慶元（寧波）を博多へむけて出港し、その途中韓国新安沖で沈んだ沈没船も、京都の寺社造営料唐船であった。またその新安沈船の積荷の内、陶磁器では龍泉窯系青磁が、全体の五十六パーセントを占めていることからも、いかに龍泉窯系青磁が当時重宝されていたかが分かる。その荷主は京都や鎌倉の権力者であり、それらの地域で消費されるものと考えられている」と述べる（徳留、二〇一三、二四）。

吐噶喇列島の島々に遺された龍泉窯青磁製品の品質については措くが、長年、王都であった京都や鎌倉幕府のあった鎌倉、そして琉球王国の首里城に集積されていたものと同じ輸入貿易陶磁器が吐噶喇列島に存在していたことは注目に値する。これらの輸入貿易陶磁器は、朝鮮半島から琉球へといたる海上航路を熟知していた吐噶喇列島の海民が島にもたらしたのではないか。

吐噶喇列島の貿易陶磁器については、高梨修も先学に拠って次のように語る（高梨、二〇一一、二一）。

いずれの島も急峻な火山島で、耕作地にも恵まれず、地形的に良港に恵まれているわけでもないが、十二世紀中葉から十七世紀まで断続的に貿易陶磁器がもたらされている。特に臥蛇島と悪石島が、確認されている貿易陶磁器の数が多い。それらに認められる特異な様相とは、いずれも奉献品・祭祀品として、社寺等の祠に納められたその受容形態にある。

そうした貿易陶磁器の受容形態をめぐる理解論として、亀井明徳は、トカラ列島の周辺海域は「七島灘」と呼ばれる海路の難所であり、中世の海事慣習法「寄船」の事例をあげている。寄船では、漂着船およびその搭載物を社寺に寄進、修理費用に充てる等の行為が認められるので、それに類する行為が偶発的に繰り返されていたのではないかと推測するのである。それでも、貿易陶磁器を奉献品・祭祀品とする受容形態が、なぜトカラ列島で際立つのか、十分説明できないように思われる。

このように、吐噶喇列島における貿易陶磁器の特異な様相を説明するのは難しい。ただ、前述のように吐噶喇列島には琉球との交易を業務としていた廻船商人たちがいて、その下に多数の水手を抱えていた。また七島衆の一部は那覇に居をかまえ、薩摩藩から借銀を申し込まれるほど富裕な者もいた。このことと吐噶喇列島の貿易陶磁器のあり方は無関係ではないだろう。

航海に巧みな海民のいる吐噶喇列島と同じ名を持つおもろ世界の「とからあすび」が与論島の神名だとしても、そこには現実の吐噶喇列島のあり方が何某か反映されているのではないか。おもろが作られ、謡われていた時代は、前掲のように十五世紀から十七世紀初頭である。この時代の奄美群島、そして琉球に、巧みな操船をする七島船頭衆がたびたび現れたのは確実である。その船頭衆が吐噶喇の神に守護されていることにあやかりたい、我々も吐噶喇の神の守護によって望み通りの良い風に恵まれて安全で速やかな航行をし、海の難所を回避したい、そして富を築きたい、という思いが「とからあすび」の神名に表現されているのではないか。

## 『おもろさうし』の巻一の用例

『おもろさうし』の巻一は、前述のように一五三一年にまとめられた原おもろさうしである。その巻一には前述のように奄美の地名が三点のおもろに謡いこまれている。ここではその用例について考察する。

まず、巻一 - 四に次のようなおもろがある。

一聞得大君《きこゑ》ぎや《ぎみ》／天の祈《てに》り《いの》　しよわれば／てるかはも　誇《ほこ》て／おぎやか思《も》いに
笠利《かさり》　討《う》ちちへ　みおやせ
又鳴響《とよ》む精高子《せだかこ》が

〔聞得大君が、名高く鳴り轟く霊能高いお方が天の祈りをし給えば、太陽神てるかはも喜び誇って、尚真王に笠利を討って奉れ〕

このおもろは、聞得大君が第二尚氏第三代の尚真王のために天の祈りを捧げたところ、太陽神てるかはが感応したことと、奄美大島の笠利を討ちとり尚真王に奉れ、と謡われている。

このおもろによく似たおもろが巻三にある。

巻三-一二二
一聞得大君《きこゑぎみ》が／天の祈《いの》り　しよわれば／てるかはも　誇《ほこ》て／おぎやか思《も》いに
島《しま》　添《そ》ゑて　みおやせ
又鳴響《とよ》む精高子《せだかこ》が
〔聞得大君が、名高く鳴り轟く霊能高いお方が天の祈りをし給えば、太陽神てるかはも喜び誇って、尚真王に島を添えて奉れ〕

四と一二二の違いは「笠利　討ちちへ　みおやせ」と「島　添ゑて　みおやせ」の詞句の違いである。この違いがなぜ生じたかを考察したい。
まずこれらのおもろのある巻一と巻三だが、この二つの巻のおもろはまとまった形で重複記載されている場合がある。重複記載とは、ほぼ同じ詞句と形式のおもろが『おもろさうし』の異なる巻に別々に存在していることである。巻一と巻三の重複記載は次のようになっている。

・巻一-一～三、巻三-一一九～一二一と重複
・巻一-四、巻三-一二二と相似

・巻一‐五〜二二、巻三‐一二三〜一四〇と重複
・巻一‐二三、巻三‐一〇六と重複
・巻一‐二四〜二八、巻三‐一四一〜一四五と重複
・巻一‐二九、巻三‐一四七と重複
・巻一‐三〇、巻三‐一四六と重複

この対応から明らかなように、巻三には巻一の一から二二、そして二三から三〇を配列替えをしながらもまとまって巻三のおもろとして採択する、という意図があったことがわかる。しかし、四の「笠利　討ちちへ　みおやせ」が一二二では「島　添ゑて　みおやせ」と改変されている。このことは、大変重要である。なぜなら、そこには巻一が集成された一五三一年と巻三が集成された一六二三年の琉球王国の統治状況の激変が表れているからである。

一五三一年当時、奄美群島はおおむね琉球王国の支配下にあった、と考えられる。第一尚氏の最後の王、尚徳王は一四六六年、自ら喜界島征討に赴いた、と『中山世鑑』にある。その記事が事実であるならば、喜界島は一四七〇年頃には琉球王国の支配下にあったはずである。尚真王は一五二七年に没しており、おもろは生前の尚真王の戦勝を聞得大君が天の太陽神、てるかはへの祈願によって叶えよう、と謡っている。

尚真王の在位は一四七七年から一五二七年であり、四のおもろがいつの時点のことを謡っていた

のかは、わからない。ただ、奄美群島の島々に割拠していたであろう支配者達の利害関係が一致していない場合、喜界島の勢力は琉球王国に従属していても奄美大島の北部の笠利の勢力が敵対していることはあり得る。

奄美大島の笠利半島には複数のぐすくが存在していた。中山清美は笠利湾を望む「赤木名グスクの発掘調査で明らかにされた出土遺物と出上遺構からの考察から、第一期を十二世紀から十三世紀、第二期を十四世紀から十五世紀に分けられる」ことを前提に、「出土遺物からは島外から持ち込まれた資料も多く、当時の政治的観点から考察すると律令体制の大宰府を中心とした「官」と「民」の違いなども指摘される」ことを挙げ、「これまでの調査成果から笠利の赤木名グスク等は九州島との交易で影響を受けたグスクと思われ、これに対し集落構造を取り込んだ機能も考えられるタナグスクや喜界島の半田遺跡群は九州海商人や倭寇たちと連携するグスクとも考えられ、奄美諸島独自の按司権力を示すグスクの姿が見え隠れする」と述べる（中山、二〇〇七、八三～八七）。なお赤木名ぐすくについては後述する。

中山の一連の指摘から、笠利半島の赤木名ぐすくは九州と交易をしていた人々の拠点であり、島外から持ち込まれた資料も多かったことがわかる。また、『鹿児島県の地名』の「笠利町」の項には笠利半島は大島のなかでもとくに原始・古代の遺跡が多いことを指摘し、「辺留窪《べるくぼ》遺跡の青磁や大笠利出土のタイ国産のシャム青磁は、古く中国や南方との交易があったことを示している」と述べる。また「当町にも按司の伝説や城跡が残っている。とくに用安《ようあん》の湊《にやーと》城からは十三世紀頃の中国産の双魚藻文の青磁器が出土しており、注目された」とある（平凡社地名資料センター編、一九八九、八六六九）。

同書の「湊城跡」の項には「当城の東側に中城、西側に中城・山城・大城の地名があり、湊城を含めた五ヵ所はいずれも集落の背後の台地から出た尾根にあって隣接し、用安湊を見下ろすかたちで、一体的なグスクといえる。（中略）十三、四世紀に使用され、また双魚藻紋が出土したことから格式の高い層が在城したと思われる」とある（同書、八七三）。

石上英一は「大島に間切が施行されたことを示す史料で最も古い確実なものは、和家文書の「永代家伝記」に写が残される嘉靖八（一五二九）年十二月二十九日笠利間切宇宿大屋子辞令書である。宇宿大屋子とは間切のもとにあるムラ（シマ）である宇宿を統治する役人である。宇宿大屋子となった「ちやくもい」（大親子の仮名表記）は「もとのしよ里の大やこかくわ（子）」と辞令書に記されるので、一五二九年以前、十六世紀第一四半世紀には、笠利間切を統治する笠利間切首里大屋子（ちやくもいの父の保元金）が任命されていたことがわかる。十五世紀中葉の甘隣伊伯也貴（筆者注：笠利大屋子）は鬼界島征討軍の笠利駐留と関連して派遣されていた役人と考えられ、十六世紀第一四半世紀の笠利間切首里大屋子は、地域行政官としての間切役人である」と述べる（石上、二〇一五、六六六）。

さらに、石上は『朝鮮王朝実録』の記事を挙げ、「一四五〇年当時、笠利に琉球人がいたのは、琉球王弟が鬼界島を征討するために軍を率いて駐留していたからである。甘隣伊伯也貴は、笠利大屋子の音写で、占領地・軍事基地の笠利を統治する琉球の官人であったこととなる」と指摘している（同書、六四）。

それでは、一五三一年の原おもろさうし、巻一のおもろに「おぎやか思いに　笠利　討ちちへみおやせ」とあるのはなぜだろうか。十五世紀に喜界島は征討され、占領地・軍事基地の笠利を統治する琉球の官人が十五世紀中葉に存在し、十六世紀第一四半世紀には、笠利間切を統治する笠利間切首里大屋子が任命されていた、というのは文献から辿れる過去である。

このほかにも、一四七一年に申叔舟が著した李氏朝鮮時代の『海東諸国紀』の「琉球国之図」の大島（奄美大島）には「属琉球」とある。このことは、奄美大島が琉球に属していた、という情報が李氏朝鮮に届いていたことを意味する。しかし、巻一のおもろ世界の琉球の最高神女はおもろで尚真王のための祭祀で笠利の征討完遂を祈願した。このことは、琉球王国第二尚王統の初期において、笠利統治が完全なものではなく、沖縄島から見て侮りがたい勢力が笠利半島に跋扈していたことを示唆するのかもしれない。

四のおもろは尚真王時代の、文献とは異なる琉球王国と奄美大島の笠利半島との関係を垣間見せる。『鹿児島県の地名』は四のおもろについて、「奄美を征服する戦勝予祝のおもろとされるが、そこで笠利が対象とされているのは、少なくとも北大島の中心であったからであろう」とする（平凡社地方資料センター編、一九九八、八七〇）。

なお、「添継《すゑつぎ》御門の南のひのもん（一五四六年）」には、「首里の王がお考へになり、御石垣を積ませよとの御詔を拝んで、国々の按司達、三番の親雲上達、里主達、家来赤頭部」に続いて「こくより上下又おくとより上みやこやへまのおゑか人大小の人々そろて御石かきつみ申候〈ココ〈首里〉ヨリ上下及ビ奥渡ヨリ上〈大島諸島〉宮古八重山ノ役人、一般ノ人々揃ツテ御石垣ヲ積ンダ〉」とある（『仲原善忠全集二巻』、一九七七、五五五）。碑文は尚真王の子の尚清王の時代に首里城の添継門の石垣を積んだ時のものである。文中の上下は沖縄島の北から南までを意味する。

この碑文では沖縄島と奄美群島、そして宮古諸島と八重山諸島の役人、さらに一般の人々が揃って石垣を積んだ、となっている。このことは一五四六年には北は奄美群島から南の宮古・八重山諸島まで首里の国王が支配している、という認識が存在したことを意味する。この碑文が十六世紀中葉の琉球の支配力の現実をどこまで反映しているかわからないが、「奥渡より上」は文中では琉球の支配下にあり、奄美群島の役人や一般の人々も揃って石垣を積んだとされているのである。

この点について伊波普猷は『琉球国由来記』（一七一三年成立）に尚清王（在位一五二七〜一五五五）の頃まで「おくとより上のさばくり」という官職があったことを指摘し、由来記の巻二官爵列品の中に、編纂当時すでにわからなくなった官職として「おくとより上のさばくり」があり、「国頭より与論・永良部に至る迄のことを掌る」という曖昧な書き方がなされているのは道之島（奄美群島）全体に関係していた、と捉えている（『伊波普猷全集六巻』、一九七五、五六二〜五六三）。

四のおもろと類似した一三二のおもろでは、前述のように「島　添ゑて　みおやせ」となっており、「笠利　討ちちへ　みおやせ」の文言はない。その理由は、一六〇九年の薩摩藩による琉球侵攻と琉球の敗北により、奄美群島は薩摩藩の直轄領となったからである。おもろ世界は祭祀幻想と現実が綯い交ぜになっている場合が多いが、この個所には巻三が集成された一六二三年の現実が反映されている。すなわち、尚真王に笠利を討って奉れ、と謡いたくても、もはや笠利半島を含む奄美大島と奄美群島は薩摩藩の直轄領であり、その文言には意味がない。そのため、「島　添ゑてみおやせ」という無難な詞句となった、と考える。

前述のように巻一 - 一～二二は四を除き、巻三 - 一一九～一四〇は一二二を除き、重複おもろとなっている。巻三が編纂されたとき、一～二二の聞得大君おもろ群をまとめて巻三に入れる、という編纂意図があったことがわかる。しかし、四と一二二の詞句は前述のように異なっている。このことが示す意義は大きい。

また、巻一 - 六には次のようなおもろがある。

一聞得《きこゑ》大君《ぎみ》ぎや／神座吉日《かぐらゑか》　取《と》りよわちへ／按司襲《あんじおそ》いす／十百末《ともゝすへ》　ちよわれ
又鳴響《とよ》む精高子《せだかこ》が／又てるかはと　行《よ》き合《や》て／又てるしのと　行《よ》き合《や》て
又首里杜《もり》ぐすく／降《お》れて　降《お》れ栄《ふさ》よわ／又真玉杜《まだまもり》ぐすく
［又喜界《きゝや》の浮島《うきしま》／喜界《きゝや》の焼島《やけしま》］
又首里杜《もり》ぐすく／世掛《が》けにせ按司襲《あんじおそ》い／又真玉杜《まだまもり》ぐすく／襲《おそ》いにせ按司襲《あんじおそ》い

又聞《きこ》ゑ按司《あんじ》襲《おそ》いや／神座《かぐら》ぎやめ　鳴響《とよ》で
又鳴響《とよ》む按司《あんじ》襲《おそ》いや／おぼつぎやめ　鳴響《とよ》で
〔聞得大君、鳴り轟く霊能高いお方が天上他界、かぐら祭祀の日を選び、太陽神てるかは・てるしのと行き合って首里城に降臨し、降臨して栄え給え、「き、やの浮島、き、やの焼島」、首里城にましまず世を支配する国王様、名高く鳴り轟く国王様はかぐら、おぼつまで鳴り轟き、国王様こそ永遠にましませ〕

このおもろについてはかつて拙論で言及したことがある。ここでは拙論に沿って述べる（福、二〇一五）。このおもろの「き、やの浮島　き、やの焼島」はおもろの文面からみて異質である。「又首里杜ぐすく／降れて　降れ栄よわ／又真玉杜ぐすく」の後続で「首里杜ぐすく」と「真玉杜ぐすく」ではじまる詞句の対を形成するならば、「降れて　降れ直しよわ（降りて世を平和に豊かにする祭祀、直を行って）」などがくるのが最も妥当であろう。浜田泰子の『おもろさうし対語索引』に「降れふさ（栄）て」の対語として「降れ直ちへ」が十例挙がっている（浜田、一九八八、四三）ことからの類推である。

おもろには時々このような混入がみられる。混入の理由は不明である。『おもろさうし』の巻十-五五四、そして重複おもろの巻十三-八六八には「喜界の浮島」、「喜界の盛い島」の用例がある。この二点のおもろは後述するように、喜界島から西の奄美大島北部、南部、そして島伝いに南下し、沖縄島の北端から島を南下して那覇に至る、という航路を謡っている。また、他のおもろでは那覇泊（港）を浮島と表現する場合もある。

六に混入した「きゝやの浮島　きゝやの焼島」のうち「きゝやの浮島」について、喜界島に城久遺跡群や高級船載品の考古遺物があることを以て、かつて拙著において「琉球王国成立以前、南島交易の拠点だった喜界島にはヤマトはもとより、東アジア地域の人々が富の情報を携え、訪れてきた、と考えられます。そのような前代の繁栄した喜界島は琉球王国の交易の拠点、那覇港にとっても理想の姿だったはずです」と述べたことがある（福、二〇〇八、八三）。なお、島村幸一は琉歌の「浮島」の用例に「田名の浮島」があり、必ずしも那覇だけではなく、浮いているような島、目立つように浮き上がっている島の意、と「浮島」を読み解いている（島村、二〇一四、九六）。島村の指摘は重要だが、おもろ世界の中での浮島が那覇港と喜界島を指していることは興味深い。

なお、伊波普猷は浮島について、「「うきしま」は、もと沼の水上に、泥炭蘆根などの集り固まつて、島の形を成し、浮きたゞよふもの、ことだが、転じて小島の義に用ゐられた。巻十三の八那覇の築港を歌つたオモロにも、「首里おはるてだこが、うきじまはげらへて、唐《たう》南《な》蛮《ばん》寄合《よりや》う那覇どまり」と見え、古歌にも、「さても見事な永良部の島や、地から離れて浮島小《ぐわ》」と見えてゐる」と述べる（『伊波普猷全集五巻』、四五三〜四五四、一九七四）。

それでは「きゝやの焼島」はキカイガシマの何を表現しているのか。ヤキシマはおもろでは他に用例はない。そして『沖縄古語大辞典』には「やきしま」を「未詳語。「焼き島」か」とし、古謡のウムイの詞句「よろん　うきしま／ゐらぶ　はへしま／いへや　やっちぃしま（与論　浮島／永良部　栄え島〈延へ島、走り島か〉／伊平屋　やき島）」が用例としてあがっている。伊平屋島には「焼き島」という名称から思い起こさせる火山の島という事実はない。喜界島にも勿論、火山は存在しない。

高梨修は近年、十一世紀から十三世紀の薩南諸島海域について「キカイガシマ海域」の名称が用いられていること、この期間には城久遺跡群Ⅱ期の大半が含まれること、その海域にはキカイガシマの名称を所有する二島、大隅諸島の硫黄島と奄美諸島の喜界島が認められることから、これら二島のキカイガシマに挟まれた薩南諸島の島嶼海域を狭義の「キカイガシマ海域」と理解しておく、と述べる（高梨、二〇一四、七五～六）。

このキカイガシマ海域のキカイガシマの一つ、硫黄島は火山島であり、まさに「焼島」である。そして浮島が喜界島であるなら、巻一－六に混入した「きゝやの浮島　きゝやの焼島」はおもろの謡われた沖縄島に近い喜界島をウキシマと称し、遠い硫黄島をヤキシマと称した、と考えることもできる。村井章介は一四七一年の李氏朝鮮時代、申叔舟の著した『海東諸国紀』の「日本国西海道九州之図」の「山河浦」という文字の左下に「硫黄島」が描かれ、「この島では硫黄を産し、日本人がそれを採取している、日が照ると煙が見える活火山であり、島の位置は坊津南方の坊ノ岬から十八里、肥前の上松浦から一三八里の距離にある」という情報が書かれていることを指摘する。そして村井は次のように述べる（村井、二〇〇六、六七～七〇）。

ここからわかることが二つある。一つは、十五世紀にも硫黄島産の硫黄を買いつけに日本人が船でやってきたということ。実はこのころ、硫黄島の硫黄は日明貿易の主要な輸出品になっており、幕府は「硫黄使節」を島津領国に派遣して、硫黄を確保していた。これは島津氏が日明貿易の利益にあずかるきっかけになった。もう一つは、硫黄島から坊津をへて九州の西海岸を北上して上松浦へいたる航路があったこと。上松浦までくれば朝鮮半島はもう間近である。この航路は、海中を走る白い線として地図上に描かれている。

そしてこの航路、あるいは交易の道は、硫黄島が行止まりではなかった。この絵地図で、硫黄島の脇を通過して下のほうに航路が延びているが、それが図からはずれようとするところに、「指大島（大島を指す）」と書いてある。そこでこの図の南に接続する「琉球国之図」をみると、上の端に大島があり「属琉球」とあって、その左脇に「指赤間関・兵庫浦」「指恵羅武」とある。赤間関は今の下関、兵庫浦は今の神戸、恵羅武は屋久島の脇にある口永良部島である。そして、大島から南に延びる航路の終点は那覇になっている。

こうして琉球にまでいたった海の道も、そこで終りではなかった。琉球はこの海域の中心として、中国と交易関係を結んでおり、さらには東南アジアにまでいたる壮大な海の道の起点であった。このように、鬼界が島を通過する海の道は、外へ外へとどこまでも広がっていくものであった。これが境界としての鬼界が島のもう一つの側面である。

村井の指摘から、硫黄島から北上する航路、そして南下する航路があり、その航路の終点が地図上では那覇港だったことがわかる。このことは硫黄島の情報が琉球に到達していたことの傍証の一つとなる。

もちろん、「き丶やの浮島　き丶やの焼島」を喜界島と硫黄島ととるのは、六に混入した一節の深読みに過ぎない。しかし、平安時代中盤から鎌倉時代まで喜界島のウキシマは南西諸島の中で際立った賑わいを見せていた。そして、硫黄島の硫黄は日宋貿易や日明貿易の重要な交易品だった。吉成直樹は先学に拠って、火山のない宋が火薬原料の硫黄を求め、一〇八四年には大量の日本産硫黄の買付計画の建言があり、それが実行された可能性が高いことを指摘する。吉成はまた、硫黄島の硫黄が日本で最も質が良いことを指摘する（吉成、二〇一一、一四七〜一四八）。

そして「宋の「日本」からの硫黄の輸入は十世紀末から始まり、遅くとも宋の大量買付計画が実行された十一世紀後半には本格化していると考えられる。輸出される硫黄の主要産地が硫黄島であったと考えてよいとすれば、その輸出航路は、硫黄島から薩摩半島の西南部を経て九州西岸地域を経由して博多に向かう航路である」と述べる（同書、一五〇）。

山内晋次は「十五世紀の朝鮮で編まれた対日外交マニュアル『海東諸国紀』附載の「九州之図」に「硫黄を産し、日本人これを採る」と記され、また、十六世紀の中国で編まれた日本研究書『籌《ちゅう》海図編《かいずへん》』に、「大隅の海中に在りて、土に硫黄を産す。故にこれを名づく」とあるように、近世の東アジアにおいても国際的に知られていた」と述べ（山内、二〇〇九、四八）、「十五世紀前半に沖縄に成立した琉球王国からも、その領域内の「硫黄鳥島」で産出される硫黄が中国に向けて大量に輸出され、やはり火薬原料として消費されていた」ことを明らかにした（同書、八七）。このことは、琉球の人々が硫黄鳥島の硫黄の価値をよく知っていたことを意味する。

良質の硫黄という利権を生み出す薩摩の硫黄島にもおもろ時代の人々は深い関心を持っていたのではないか。ここでは六のおもろの混入個所の「きゝやの浮島　きゝやの焼島」が喜界島と硫黄島を示す可能性もあることを指摘しておく。

なお、おもろ語辞書である『混効験集』には巻十三‐八六八の「きゝやのうきじま」を「鬼界島の事也」、「きゝやのもいじま」を「返しの詞（筆者注：対語）鬼界島はむかしは琉球のうちなるゆゑ　おもろにも有之と見えたり」と説明している（『伊波普猷全集一巻』、一九七四、三八二）。昔は琉球に含まれ、王国の版図だった喜界島のことを八六八は繰り返して謡っている、というのが『混効験集』成立（一七一一年）当時の琉球の知識人の認識だったことがわかる。

また、巻一‐四一には奄美群島の加計呂麻島の俵の村役人、俵掟の登場する次のようなおもろがある。

一揚《あ》がる降《お》り笠《かさ》が／大君《きみ》に　知《し》られて／いけな　選《ゑ》らで　降《お》ろちゑ
按司襲《あんじおそ》い　十百末《とも、すへ》　ちよわれ

「又聞得《きこゑ》大君《ぎみ》ぎや／群《ぶ》れ島《しま》に／御肝《おぎも》せぢ　遣《や》りよわちへ
又鳴響《とよ》む精高子《せだかこ》が／御肝内《おぎもうち》に　撓《しな》よわ／按司襲《あぢおそ》いす」
又揚《あ》がる降《お》り笠《かさ》が／守《も》り合《や》へ君《きみ》　思《おも》い子《ぐわ》／持《も》ち成《(な)》ちやる　生《い》け〱しや
又ゆきあかりが　思《おも》い子《ぐわ》／揚《あ》がる降《お》り笠《かさ》が／持《も》ち成《な》ちやる　生《い》け〱しや
又君々《きみ〱》が　思《おも》い子《ぐわ》／持《も》ち成《な》ちやる　生《い》け〱しや
「又俵掟《ひようおきて》／愛《まな》しけ貴《たゝ》み子《きよ》に　知《し》られゝ／按司襲《あぢおそ》い
又げらへよらふさよ／首里杜《もり》　降《お》れ欲《ぼ》しや
又げらへゆらふさよ／群《ぶ》れ島《しま》に　鳴響《とよ》で」

このおもろには二カ所の混入部分がある。おもろの構造は①「一揚がる降り笠」から「十百末ちよわれ」、②「又聞得大君ぎや」から「按司襲いす」、③「又揚がる降り笠が」から「生け〱しや」、④「又俵掟」から「群れ島に　鳴響で」で、②と④は①とは別のおもろである。この混入は、按司襲いが①②④に登場し、②の群れ島が④にも登場する、という語句同士の重なり合いから生じた側面もあろう。

①では降り笠神女が大君にしられ、いけな（神の憑依する神女）を選んで降臨して国王様は永遠にましませ、と謡う。②の群れ島は慶良間列島をさす。②では聞得大君が首里の高台から目視できる慶良間列島に御肝せぢを遣ることが謡われ、③では降り笠神女が思い子をもてなすこと、生き生

きとしていることが謡われ、④ではよらふさ神女が首里杜に降臨したがっていること、よらふさ（ゆらふさに同じ）が慶良間列島に名高いことを謡っている。なお、群れ島のおもろ集中もう一例は巻十三 - 七六二にある。

④の俵掟が登場する「又俵掟／愛しけ貴み子に　知られゝ／按司襲い／又げらへよらふさよ／首里杜　降れ欲しや／又げらへゆらふさよ／群れ島に　鳴響で」は俵掟がいとしい貴いお方に知られていることと按司襲い、そしてよらふさ神女が首里杜に降臨したがっていることと慶良間列島に名高いことを謡っている。俵掟とよらふさの関係は不明である。

筆者がこの混入個所に注目するのは、奄美群島の加計呂麻島の俵に掟がいたことを示唆するおもろが巻一に収録されている、ということである。巻一は原おもろさうしであり、前述のように編集年次が一五三一年と扉に記されている。おもろ採録と筆記はそれ以前であり、少なくとも十六世紀初めには奄美大島に村役人の掟が設置されていたことがこのおもろから証明できる。文献の少ない奄美大島の歴史を考察する際、俵掟の存在を示すこのおもろは重要である。

掟は『沖縄古語大辞典』には「王府時代の役職名。間切・村の行政責任者で、按司掟・大掟・南風掟・西掟・村掟を指す。単に掟という場合は、多く村掟、すなわち村（現在の字）役人をいう」とある。

『おもろさうし』には掟は三十五例ある。そのうち三例は神女で、次のような存在を示す。

・なりしの親掟《おやおきて》（どこの神女か不明、一〇〇八）
・金杜《かなもり》の親掟《おやおきて》（与論島の神女、一〇〇九）
・掟笑《おきてわら》い子《きよ》（久米島仲里のこゑしの神女とともに祭祀を行う神女、七七五）

また三十二例の掟の用例は次のようになっている。

・中頭郡浦添村謝名の掟＝四例（二七五・一〇九八に三例）
・読谷村瀬名波の掟＝四例（八一四に三例・九四九）
・島尻郡大里村目取真の掟＝三例（四四三・一〇三七に二例）
・久米島具志川村嘉手苅あたりの掟＝二例（六一〇と一四八六の重複おもろ）
・那覇市安里の掟＝二例（一〇五二・一一一三）
・旧知念間切波田真村の掟＝二例（八七二に二例）
・久米島具志川村嘉手苅の地内にある伊敷索《いしけなは》の掟＝二例（六三九と一四四九の重複おもろ）
・島尻郡豊見城村我那覇《がなは》の掟＝二例（一三六七に二例）
・久米島の掟、下の掟＝二例（六四三・六四四）
以下、一例。
・久米島の最高神女、君南風の祭祀に関わる掟（六四一）

・糸満市真壁の人から選ばれた掟（一三五四）
・中頭郡北中城村安谷屋の掟（四四一）
・中頭郡西原村内間の掟（一二〇二）
・奄美群島加計呂麻島の俵の掟（四一）
・島尻郡与那原町の与那原掟（一〇三七）
・掟達《おきてた》（真人達の対で、具体的にどこの掟達か特定できない、九八三）
・掟にしや（名護あたりの掟か、一一八〇）
・伊饒波《いによは》の掟持《おきても》ち（中頭郡読谷村伊饒波の掟、四五六）

おもろ世界の掟は沖縄島と久米島、そして奄美群島の加計呂麻島、与論島に存在している。俵掟のみでなく、神女の名称として親掟が奄美群島に存在していることは興味深い。

なお『おもろさうし』には村落における掟よりも上位の大屋《おほや》が謡われている。大屋（大親《おほおや》）は『沖縄古語大辞典』には「村落共同体の草分けの家を、根家（本家）または大家といい、その主人を「大親」（大やまたは大やこ）と呼んだ」とあり、補説に「十五、六世紀頃はまだ各集落の代表者を「大や」と呼んでいたらしい」、「近世には王府の官人。また按司家等の執事的な役名ともなる」とある。なお、大屋に敬称辞の「子」が付くと大屋子、大屋子に敬称辞の「おもひ」が付くと「大屋子（大親子《おほおやこ》）思《おも》ひ」となり、近世期には「親雲上」の字が宛てられ、ペークミー・ペーチンと呼称が変化した。
おもろ世界の大屋、大屋子の用例は次のようになっている。

大屋＝二十七例

・久米島具志川村兼城の大屋（十一例。六〇〇に三例、一四一八に八例、六〇〇と一四一八は重複おもろ）
・佐敷町苗代与那嶺の大親、尚巴志の父（四例。一二九三・一二九四に各二例）
・久米島堂村の大屋（三例。五九二と一四七九との重複おもろの例、七〇〇）
・浦添市城間の大屋（三例。一〇六一・一〇六二に二例）
・島尻郡旧兼城の大屋（二例。八七三に二例）
・島尻郡具志頭村玻名城の按司付きの大屋（二例。九八三に二例）
・親屋富祖《おゑやふそ》の大屋（一〇六一）
・せち大屋（一三三。せぢ高の誤りか、国王のこと）

大屋子

・浦添の大屋子（三例。一〇六一に三例）
・島尻郡東風平町宜寿次の大屋子（二例。九六一に二例）

・伊平屋島の大屋子（二例。九五一に二例）
・読谷村瀬名波の大屋子（二例。八一四に二例）
・久高島の外間大屋子（二例。五五一に二例）
・中頭郡与那城町の大屋子（二例。一〇四二に二例）
・島尻郡知念村久手堅の大屋子（一〇二一）
・島尻郡佐敷町手登根の大屋子（一〇一八）

おもろ世界の大屋、大屋子は沖縄島中南部と久米島、そして伊平屋島や久高島に存在していた。また、第一尚氏第二代の王、尚巴志の父の尚思紹も苗代の大親、与那嶺の大親という呼称としておもろに登場する。

掟と大屋を考察する上で参考になるのが次のおもろである。

巻十三 - 八一四
一いやや大屋子《やこ》が／瀬名波掟《せなはおきて》　生《な》しよわちへ／瀬名波掟《せなはおきて》／夏《なつ》　満《み》つる　かに　ある
又瀬名波大屋子《せなはやこ》が／瀬名波掟《せなはおきて》　生《な》しよわちへ
〔勝れた大屋子、瀬名波大屋子が瀬名波掟を生み給いて、瀬名波掟は夏が満つるように（栄えて）、かくある〕

このおもろは瀬名波大屋子が瀬名波掟の親であるように読める。瀬名波掟は掟を務めた後、大屋子の職を継ぐことを示唆しているようでもある。

俵掟の上位に俵大屋子、あるいは大屋（大親）がいたかどうかは、わからない。しかし、一五三一年以前に俵に掟がいたらしい、ということは『おもろさうし』の用例からわかる。

なお、奄美関係の辞令書を古い順に挙げると、次のようになる（高良、二〇〇四、四八）。

| 発給年月日 | 受給者 | 給与内容 |
| --- | --- | --- |
| 嘉靖八（一五二九）年十二月二十九日 | 元の首里大屋子の了ちゃくもい | 笠利間切の宇宿大屋子職 |
| 嘉靖二十七（一五四八）年十月二十八日 | 東首里大屋子 | 瀬戸内西間切の西大屋子職 |
| 嘉靖三十三（一五五四）年八月二十九日 | 謝国富ヒキの沢掟 | 喜界の志戸桶間切の大城大屋子職 |
| 嘉靖三十三（一五五四）年十二月二十七日 | たらつゐはん | 屋喜内（焼内）間切の名音掟職 |

| | | |
|---|---|---|
| 嘉靖三十五（一五五六）年八月十一日 | 名音掟 | 屋喜内間切の名柄掟職 |

嘉靖三十三年八月の謝国富ヒキの沢掟の辞令書について、高良は「ちやくにとミかひき」のヒキは古琉球のヒキ制度のヒキに当たるが、「古琉球のヒキ制度を奄美地域を含めてどのように考えるべきかという問題を提起している」と述べる。また、喜界島に沢や大城という地名がないことも指摘している（高良、二〇〇四、四六）。

伊波普猷はこの辞令書が「しよりの御み事　き丶やのしおけまぎりの　大ぐすくの大やこは　ぢやくにとみがひきの　一人さわのおきてに　たまわり申候　しよりよりさわのおきての方へまいる　嘉靖三十三年八月廿九日」という文面であることを示し、次のように述べる（『伊波普猷全集五巻』、四六六、一九七四）。

首里の詔、鬼界の志戸桶間切の大城（この地名、今はなく、島の人も覚えてゐない）の大屋子（村長）の職は、ぢやくにとみ引《ひき》（後世、謝国富勢《ジャクンヂユンセイ》頭座《ドザ》といふやうになつた。中央の行政機関を三番に大別し、各番を更に三引に分けて、それ〴〵に当時の貿易船の名を命けたが、その長官の称勢頭も、船頭から来てゐる。（後略））所属の一員さわ（地名）の掟に賜はり申候、首里王府よりさわの掟の方へ参る、といふ意で、尚清王の晩年に出た辞令である。之によつて当時鬼界島の、「ぢやくにとよみひき」の管轄であったことが明かになる。この種の辞令書が他の島々から出て来ない限り、断言するわけにはいかないが、例の辞令書から推すと、「おくとより上」は悉く「ぢやくにとみひき」の管轄であつたやうに思はれる。

伊波は沢掟の辞令書から当時の喜界島が謝国富ヒキの管轄下にあったとみなしている。高良の述べる論点を提示するこの辞令書については措く。

一五五四年の辞令書で、たらつゐはんは名音掟職を給与された。そして一五五六年の辞令書には名音掟、名柄掟の職名が見え、奄美群島に掟役が置かれていたことは確かである。一五三一年にまとめられた原おもろさうしの巻一の俵掟の掟役は、文献資料につながっている。

以上のように巻一の奄美群島の地名が謡われたおもろの用例からは、奄美群島の断片的な情報が散見される。十五世紀から十六世紀の初頭の奄美群島には琉球の官人組織の末端の村役人の掟がおり、辞令書も発給されていた。しかし、その支配は盤石なものではなかったように読める用例もある。また、喜界島と硫黄島を対にして提示しているかのような詞句もある。原おもろさうしの巻一にこのような用例があることの意義を強調したい。

## 奄美群島と沖縄島

奄美群島と沖縄島の具体的な交渉がどのようなものだったかを、文献資料から知ることは難しい。その理由は、琉球の正史『中山世鑑』の編纂が一六五〇年と新しく、どこまで精確な過去を記しているかわからないからである。また、前述のように喜界島が征討され、占領地・軍事基地の笠利を統治する琉球の官人が十五世紀中葉に存在し、十六世紀第一四半世紀には、笠利間切を統治する笠利間切首里大屋子が任命されていた、というのは僅かに残された文献から辿れる過去である。『世鑑』には前述のように一四六六年、尚徳王が喜界島に遠征したことを記している。

『琉球神道記』(一六〇五年)の八幡大菩薩事の条には「国王第五代尚泰久の時、諸島を平ぐ。〔後に〕兵を遣して鬼界島を討つに、彼れ小島たりと云へ共、堅く持つ」という記事がある。伊波普猷はこの記事について「王が親征したことを述べ、凱旋した記念に、八幡の社祠を建てた経緯を叙してあるが、これは次の尚徳王時代のと混同してゐるに違ひない」と述べる。伊波はそれに続き、奄美大島の東方村の清原家系図に義本王《ぎほん》(十三世紀中葉の琉球王)の末裔と称する人物が明の天順年間(尚泰久王の晩年)の鬼界島征伐の時、嚮導《きょうどう》(先だちをして案内する人)となったとあることを述べる。また、『球陽』の尚徳王紀には奇界島(喜界島)に謀反が起こり、連年出兵し、しばしば征しているが功がない、とあることも述べる。そして「この種の反乱は、「おくとより上」が、第一尚氏の範囲に入つて以来、屢《しばしば》起つたと見ざるを得ない」と述べる（『伊波普猷全集六巻』、一九七五、五八〇）。

これらの断片的な記述は、奄美群島が琉球の支配下に入ったとされる十五世紀よりも後代に書かれたものであろう。ただ、そこには喜界島を筆頭に奄美群島が簡単に琉球王の支配には入らなかったことを彷彿させる記事や、尚徳王のみならず尚泰久王の時代にも奄美群島へ派兵したという記事がある。

ここでは奄美群島と沖縄島など他地域の関係がうかがえるおもろを見ていきたい。

まず、沖縄の勢力から奄美群島に対して、その支配権を欲するようなおもろがある。巻二には次のようなおもろがある。

巻二‐五三
一中城《ぐすく》　根国《ねくに》／根国《ねくに》　在《あ》つる　隼《はやふさ》／徳《とく》　大みや／掛《か》けて　引《ひ》き寄《よ》せれ
又鳴響《とよ》む　国《くに》の根《ね》／国《くに》の根《ね》に　在《あ》つる　隼《はやふさ》
〔中城は国の中心である、国の中心にある隼（船名）、徳之島、奄美大島に通じて交易物を引き寄せよ。鳴り轟く国の中心、国の中心にある隼（船名）〕

このおもろの中城は沖縄島東海岸の巨大なぐすくであり、巻二は中城のおもろ群を集成している。このおもろでは中城を根国、つまり国の根と賛美している。ともに国の中心、という意味の美称辞である。おもろの中で一つの土地が根国、国の根、と称される例はないが、中城城について『南島　第三輯』の『おもろさうし』巻二 - 四二のおもろの脚注には「中城城はおそらく護佐丸以前よりあつたものだらう。城壁の形も甚だ古いものである。この巻のおもろから見ても古く王府といふべきものがあつたと思はれる」とある（南島発行所、一九四四、一九九九）。

なお、根国と称される土地は佐敷（八例）、糸数（四例）、百名（二例）、波比良（二例）、山内（二例）、中城（二例）、浦襲（二例）、沢岻（二例）、真壁（一例）である。そして国の根と称される土地は玉城（四例）、大城（四例）、稲福（二例）、玻名城（二例）、兼城（二例）、儀間（二例）、中城（二例）、以下一例の具志頭、北谷、池原、首里、新垣である。この用例からわかるように、中城を除き、根国と国の根の用例が重なり合うことはない。第一尚氏の本拠地の佐敷は根国であって国の根ではない。玉城ぐすくを擁する玉城も国の根であって根国ではない。その理由は不明である。ここでは中城が根国であり国の根でもあり、それはおもろ世界では極めて特殊であることを指摘しておく。

さらに、中城には玉の三廻りのおもろがある。それは巻二 - 四八で、「一聞《きこ》ゑ中城《なかぐすく》／玉《たま》の三廻《みつまわ》り／廻《まわ》ちへ　持《も》ちへ／按司《あぢ》襲《おそ》いに　みおやせ／又鳴響《とよ》む中城《ぐすく》（名高く鳴り轟く中城、玉の三廻りを廻して持って按司様に奉れ）」となっている。このおもろについて『南島　第三輯』の「玉の三廻り」

の脚注には、「三つ廻りの玉、首に三つ廻りに巻く曲玉管玉をつらねた首飾。王における寶劍の如く。君の尊貴を示す靈寶である。因みに尚家の定紋三つ巴は三つ廻りの玉を具象したものではなからうか」とある。同じおもろの「按司襲ひ」の脚注にも、「中城の王をさす。君が三つ廻りの玉を身につけ卽ち神靈を身に體して。その神靈を王の身に添へ奉れといふのである」とある（南島発行所、一九四四、一九九）。『南島　第三輯』では玉の三廻りを実際に首に三連に巻く玉を連ねた首飾りとみなしている。そして玉の三廻りは神霊を具現した霊宝であり、尚家の三つ巴紋は三つ廻りの玉の具象化ではないか、というのである。この見解は大変興味深い。

　この玉の三廻りについては、かつて共著において、琉球王国の尚王家の家紋であり、倭寇の奉斎する八幡神の神紋の左三つ巴紋ではないか、と指摘した（吉成・福、二〇〇六、一一二～一一七、吉成・福、二〇〇七、七五～七六）。玉の三廻りは他に大里おもろの巻二十‐一三五九、玉の王である国王を謡う巻七‐三八二、そして高級神女煽りやへのおもろの巻十二‐六八三には、「巴《ともへ》三曲《みまが》り」という詞句がある。中城勢力が奄美群島に触手を伸ばしていたことが、このおもろからうかがえる。

　伊波普猷はこのおもろを「中城の根国に在る隼よ、徳・大島をかけて（統御して又は領知しての義にかけてある。後略）、引寄せよ」と解釈した上で「中城の城主護佐丸が、かつて「おくとより上」の統治に関係してゐたことを漏らすものではあるまいか」と述べる（『伊波普猷全集五巻』、一九七四、四七二）。

また、勝連勢力の奄美群島に対する何らかの働き掛けを謡ったおもろもある。

巻十三 - 八六七
一勝連人《かつれんな》が　船遣《ふなや》れ／船遣《ふなや》れど　貢《かまへ》／徳《とく》　大みや／直地《ひちやぢ》　成《な》ちへ　みおやせ
又おと思《も》いが　船遣《ふなや》れ
〔勝連の人、おともいが船遣れ（航海）、船遣れこそ貢納物だ、徳之島と奄美大島をひちやぢ（頼りか）にして奉れ〕

巻十三 - 九三八
一勝連《かつれん》が　船遣《ふなや》れ／請《うけ》　与路《よろ》は　橋《はし》　しやり／徳《とく》　永良部《ゑらぶ》／頼《たよ》り成《な》ちへ　みおやせ
又ましふりが　船遣《ふなや》れ
〔勝連、ましふりが船遣れ、請島、与路島は橋にして、徳之島と沖永良部島を頼りにして奉れ〕

巻十三 - 九三九
一勝連《かつれん》が　船遣《ふなや》れ／船遣《ふなや》れど　御貢《みかまへ》／喜界《きゝや》　大みや／直地《ひちやぢ》　成《な》ちへ　みおやせ
又ましふりが　船遣《ふなや》れ
〔勝連、ましふりが船遣れ、船遣れこそ貢納物だ、喜界島と奄美大島をひちやぢにして奉れ〕

これらの勝連から奄美群島をうかがうおもろは巻十三にある。三木靖は『おもろさうし』に謡われる徳之島の用例について言及し、次のように述べる（三木、一九七〇、五三）。

「中くすく　ねくに　ねくに　あつる　はやふさ　とく　大みや　かけて　ひきよせれ」とある様に、沖縄本島を中核とし、徳之島と奄美大島が、いっそう強くそのもとに結集することを望むという沖縄本島の発展を願う立場から島名を例示する場合とか「かつれなか　ふなやれ　ふなやれと　かまへ　とく　大みや　ひちやち　なちへ　みおやせ」の様に沖縄本島への貢納を期待するために、徳之島や奄美大島を陸続きにしたいという沖縄本島の利益の増大を願う立場から島名を例示する場合とか「中せとうち　から　かねのしまかち　かねのしま　から　せりよさに　かち」の様に航海する船が奄美大島の瀬戸内から、徳之島へさらに沖永良部島へと進むという、沖縄本島への航海路の通過点として島名が例示される場合とかに唱われているのである。従っておもろさうしにおいては沖縄本島を称えるために近隣島名があげられ、その一つとして徳之島が登場するのである。

島村幸一は八六七の「ひちやち」は直地（ひたつち）からの変化ではなく、九三八の「徳《とく》　永良《えら》部《ぶ》　頼《たよ》り　なちへ　みおやせ」の詞句から「頼り」に対応する意味の語と考えられること、そして

「頼り、頼りとなるもの、あるいは縁故というように解釈できそうである」と述べる。そして九三九の大意は「「勝連」(「ましふり」という人物)が船を出すとその船は、貢納物を積んで来る。喜界島や奄美大島を「ひちやち」にして、貢納物を奉れという意である。ただし、このオモロが第十三にあることを考えると、「勝連」(「ましふり」という人物)は勝連グスクの領主が独自に派遣した人物と考えるより、王府が派遣した人物と考えた方がよいかもしれない」と述べる。それに続き、島村は次のように述べる(島村、二〇一五、八八~八九)。

しかし、それにしてもやはり勝連地域が、奄美地域と歴史的な通交関係があったことが考えられる。また、他の歌謡にも伊平屋島田名に伝わる「大城ごゑにや」では、「勝連のあまうへ/勝連のあまぢやら」が人を集めて、大和からもたらされた「石斧/金斧」で大木を切り倒して築城することが謡われている。また、同じ伊平屋島田名の稲の渡来を伝える神歌「ティルクグチ」は、「てだがなし」(太陽神)が喜界島に降りて、「とくの世の主/とくのわかざら」(徳之島の世の主/徳之島の若按司)を介するかたちで、田名に稲がもたらされることが謡われている。勝連グスクには、沖縄本島東海岸から奄美諸島、本土日本まで広がる交易圏があったことが想像される。勝連グスクは、一の郭の遺跡から大量の瓦(大和系瓦に高麗系瓦の混ざったもの)や、当時高級であった「十四世紀染付の破片」(白磁)と数多くの「十四世紀の中国青磁」等が出土する。この出土物の質量から考古学上、勝連グスクは首里城や浦添グスクと並ぶ有力なグスクだと考えられている。

（中略　『朝鮮王朝実録』「世宗実録」一四一八年に「琉球国王の次男賀通連」が貢物とともに使者を送ってきたこと、賀通連は勝連と理解され、勝連グスクの主が第一尚氏思紹の時代に朝鮮に使者を送ったと考えられる記事があること、等が述べられる）

第二 - 五三は「一中城《ぐすく》　根国《ねくに》　根国《ねくに》　在《あ》つる　隼《はやぶさ》　徳《とく》　大みや　掛《か》けて　引《ひ》き寄《よ》せれ（中心の中城城、その中心に古くからある隼〈船〉。徳之島奄美大島に通じて交易物を引き寄せよ）又鳴《と》響《よ》む国《くに》の根《ね》　国《くに》の根《ね》に　在《あ》つる　隼《はやぶさ》（鳴り響く中心、その中心に古くからある隼〈船〉。）」というオモロである。護佐丸の居城だったといわれる中城城も徳之島や奄美大島との交易があったことが、オモロから窺える。このことから阿摩和利と護佐丸の対立のひとつは、奄美群島を巡る交易を争うものであったことが想像される。その争いに、勝連グスクの勢力が勝利したということだろう。勝連グスクの領主は、それ程に力を持った人物なのである。

島村の指摘から、勝連ぐすくの主が力と朝鮮と通交する才覚を持ち、中城城の主と奄美群島を巡る交易を争っていたらしい、ということがわかる。三つ巴紋のおもろの謡われる中城ぐすくの主も、同じく三つ巴紋の謡われる国王や、大里按司おもろ群から沖縄島南部で権勢を誇っていたと考えられる大里按司（福、二〇一三）と同様に力を持っていた、と推定される。そのような勝連勢力と中城勢力が共に交易を望んだ当時の奄美群島は、城久遺跡群が稼働していた最後の時期にあたる。

なお伊波普猷は『球陽』の一二六六年の大島の入貢の記事を「これは連年の豊作で、生活に余裕の生じた島民（その生活に分化未だ起らず、宗教的・政治的・経済的三団体の重なり合った、祭政一致の状態であつたらう）が、剰余の物資を以て、交易しに来たまでのことだと考へるのが真相に近く、その持つて来た物資は、沖縄の側から見ると、勿論「かまへ」で、その代りに与へられた必要品は、大島側から見ると、等しく「かまへ」であったに違ひない。彼等はかうして有無相通ずる為に、爾来頻繁に交通したが、この経済的関係は、漸次政治的関係に移り行き、いつしか比較的富強な沖縄に併呑された、と見るのが穏当である」と述べる（『伊波普猷全集五巻』、一九七四、四六九）。

この伊波の見解は、十三世紀当時、琉球が奄美大島より経済規模が大きく、歴史的にも政治的にも成熟していたことが前提になっている。伊波を含め、従来の琉球中心歴史観では南西諸島の歴史を語りえない。そのことを明白にしたのが喜界島はじめ奄美群島の考古学的成果であることは言うまでもない。

後述するが、奄美群島おもろの世界の一つの特徴は、豊かな富が謡われていることである（福、二〇〇七・吉成・福、二〇〇七）。城久遺跡群が近い将来に放棄され、その勢力の一部が鉄器や稲作を携えて南下しつつある時代、沖縄島を本拠とする巨大なぐすくの主達は奄美群島との交易を巡って争っていた。それは、沖縄島よりも本土に近い奄美群島に交易拠点としての魅力があったことにほかならない。

ところで、口碑の世界ではあるが、奄美大島の人物が琉球国王に大島の大親に任命された、という話がある。昇曙夢《のぼりしょむ》の『大奄美史』の記す與湾大親の口碑である。與湾大親は尚清王の時代の人物とされる。昇は與湾五郎が笠利村用安の生まれで、貧しいが性質が温順で風流であり、後に琉球に渡り、「偶々出世の緒口を得て、琉球王から大島の大親に任命されたやうにも思はれる」と述べる。昇は続いて與湾大親が古見《こみ》間切の我利爺《がりや》の琉球王への讒言《ざんげん》によって與湾大親討伐軍が派兵されるのをみて自害したことを語る。そして後の人が與湾大親の冤罪を憐れみ、物語が長く島民の口碑に伝わり、「今でも笠利村赤木名の入口には與湾大親の墓があつて、その後裔と称する同地の前島氏がこれを祀つてゐる」と述べる（昇、二〇〇九、一四〇〜一四四）。

先田光演は與湾大親が大島のどこに居を構え、どこを支配していたかはっきりせず、笠利村用安説が従来の定説であり、用安には大親神社や与湾大親之墓碑が建立されていることを述べる。一方、與湾大親を祖と仰ぐ琉球の名門士族、馬氏門中は與湾大親の碑を宇検村の湯湾嶽に建立し、現在も参拝を欠かさない、という。湯湾と與湾のユとヨは三母音である琉球方言においては互換する音である。焼内湾の深奥の湯湾集落と、集落の背後の湯湾嶽は、先田の述べる「十六世紀の初めごろは、地元の豪族と大和からくだった倭寇の勢力と、そして北上した琉球の勢力が三つ巴に拮抗した時代であろう。與湾大親はその時代の象徴ではなかったか」という與湾大親の拠点にふさわしい。先田は與湾大親の名にちなみ、湯湾岳という地名が付いた、と『馬姓家譜』にあることを紹介しつつ、「しかし、伝説地名の多くは、地名が先にありその後に人物や故事が生まれたものである」と述べる（先田、一九九二、六～十）。

先田はまた、宇検村に存在する倭寇に関係ある地名、古蘭について次のように述べる（同書、十～十一）。

宇検村の古蘭という地名は、名瀬市西仲勝のゴリヤ原・笠利町須野のゴリヤ・喜界町川峰のゴリヤの前・伊仙町面縄のゴラン・和泊町の後蘭と同系の地名である。このゴリヤ・ゴランは倭寇に関係のある地名であるといわれている。

焼内湾に面した古蘭は、この地にも倭寇が住み付いていたことを物語っているようである。焼内湾の一番奥に、河内川が形成した堆積地は土地が肥えた生産力の高い土地である。このデルタ地帯の海岸側に古蘭があり、船の出入りや防衛に適したところとなっている。また、古蘭より川沿いに二キロメートルほどさかのぼると、左岸に「野城」（ノーグスク）といわれる小高い丘が山稜から張り出している。ここも豪族の居城として付近を防衛していた地であろう。（中略）

このような肥沃な土地とともに、焼内湾は魚介類の宝庫であり、早くからこの地は豪族や倭寇が勢力争いをしたところであったと思われる。（中略）奄美においては、縄文時代の様子ばかりでなく、最近話題になっている元寇の時代や與湾大親の時代の中世の様子も、発掘を俟たなければわからないことが多い。

與湾大親が笠利間切に居城を構えていたか、焼内間切の湯湾に構えていたかは確かな証拠はない。しかし、白井家文書でみる限り焼内間切のほうが確率が高い。沖縄の馬氏一族も、明治以降もたびたび湯湾の白井家を尋ね、湯湾嶽の與湾大親の墓所に参拝を続けてきた。

先田の述べるゴリヤ・ゴラン地名については、共著で言及したことがある（吉成・福、二〇〇七）。この先田の一連の指摘から、焼内湾に面した現在の宇検村の湯湾集落一帯は肥沃な土地と水産物豊かな湾、そして豪族の居城にふさわしい小高い丘が存在し、まさに「早くからこの地は豪族や倭寇が勢力争いをしたところであったと思われる」地なのである。

また焼内湾の出口の枝手久島近くに平成六（一九九四）年に発見された倉木崎海底遺跡がある。この遺跡について、鹿児島県上野原縄文の森のホーム・ページ内の「先史・古代の鹿児島」の宇検村の倉木崎海底遺跡の項には、元田信有によって次のように書かれている（http://www.jomon-no-mori.jp/sensikodai/603.pdf）。

本遺跡は、焼内湾の入口にある枝手久島の北側の海峡に位置する。海峡は長さ約二〇〇〇m、幅二五〇〜六〇〇m、水深約三mで海底は比較的浅く、白砂の海岸に囲まれている。海底には色とりどりの珊瑚が豊かに群生している。（中略）

出土遺物は、十二世紀後半から十三世紀初頭の中国製の陶磁器で種別では青磁の碗、皿が多く、次に褐釉陶器の壺、甕、鉢、白磁の碗、皿、四耳壺、青白磁の碗、皿、合子、小壺などで、生産地としては浙江省の龍泉窯系、江西省の景徳鎮窯系、福建省建窯系、同安窯系、磁竈《じそう》窯系など中国南部の製品が確認されている。

この四年間の調査で約二三〇〇点にのぼる大量の遺物が発見された。時代が一世紀前後に限られることや、遺跡の近くの民家から中世の「碇石」が発見されたこと（今のところ海底遺跡と碇石の繋がりはない。）、平成十年の調査で天目碗が発見されたことなどを考えると、日本に向かった貿易船が何らかのトラブルで沈没した可能性が考えられる。

このように倉木崎海底遺跡からは、十二世紀後半から十三世紀にかけての交易品である陶磁器を積載した貿易船の様相を知ることができる。この貿易船が、なぜ枝手久島の北側の海峡で沈んだのかは不明である。ただ、湯湾を中心としていた焼内湾周辺の様相を知る時、與湾大親がいたとされる十六世紀より遡った時代、すでに宇検村を拠点にしていた豪族がおり、その人物のもとにこの船が向かった可能性も考えられる。

倉木崎海底遺跡は南さつま市の万之瀬川沿いの持躰松遺跡と関わりがあることで知られている。宮下貴浩は「持躰松遺跡の調査と出土遺物」で次のように語る（宮下、二〇〇七、七三）。

南西諸島と持躰松遺跡の直接的な関わりのある遺跡として、宇検村倉木崎海底遺跡が挙げられる。平成七年にはじまった調査で、持躰松遺跡と同時期にあたる十二世紀中頃から十三世紀前半の龍泉窯系青磁、同安窯系青磁、白磁、青白磁、天目および大型褐釉陶器をはじめとする中国陶器が出土している。倉木崎海底遺跡の出土遺物は、船体は見つかっていないものの一隻分の船の積荷がまとまって沈んでいる可能性が高く一括資料としての重要性が高く評価されている。中国陶磁器に関してみれば、持躰松遺跡と比較して器種組成が概ね一致しており、両者の調査成果を踏まえたときに中国南部からの交易船が南西諸島、南九州、博多へと結んだルートをたどることが可能であろう。宇検村倉木崎海底遺跡の出土品をみると中国南部からの輸出品であることが歴然としており、持躰松遺跡の出土品はこれに国内の広域流通品および南島の商品が広く組み合わさったものである。このことから万之瀬川下流域が南と北を結ぶ商品流通の拠点として重要な役割を果たしていたことが理解できるのである。

前述のように十一世紀から十三世紀の期間には喜界島の城久遺跡群の最盛期が含まれる。城久遺跡群の稼働していた時代、倉木崎海底遺跡の沈船が奄美大島の焼内湾沿いの有力者の拠点や喜界島に立ちより、持躰松遺跡、あるいは博多や大宰府を経て京都や鎌倉などへ高級貿易陶磁器の販路を求めた可能性を、あわせて指摘しておく。

幾世代にもわたり焼内湾の湯湾周辺を拠点に活動していた豪族、そして倭寇は中国南部から奄美群島を含む南西諸島を経て北の本土へ延びる航路をよく知っていたはずである。

## 南下航路—喜界島から那覇港

おもろ世界には、喜界島から奄美大島の笠利を経て那覇港に南下することを謡ったおもろが巻十 - 五五四と巻十三 - 八六八に二点ある。この重複おもろはほとんど同じ道程を示しているが、異なっている部分もある。以下、二点を並べて提示する。なお、島村幸一の見解に従い、おもろ本文の表記を岩波文庫版と替えた個所がある。また、前述のように島村は「き丶やのもいしま」を「喜界の萌い島」としている（島村、二〇一四）が、その個所は岩波文庫版に依拠したままになっている。

巻十 - 五五四
一聞《きこ》へ押笠《おしかさ》／鳴響《とよ》む押笠《おしかさ》
　やうら　押《お》ちへ　使《つか》い
又喜界《き丶や》の浮島《おきしま》／喜界《き丶や》の盛《も》い島《しま》
又浮島《おきしま》にから／辺留笠利《びるかさり》かち

巻十三 - 八六八
一聞ゑ《きこ》押笠《おしかさ》／鳴響《とよ》む押笠《おしかさ》
　やうら　押《お》ちへ　使《つか》い
又喜界《き丶や》の浮島《うきしま》／喜界《き丶や》の盛《も》い島《しま》
又浮島《うきしま》にか丶ら／辺留笠利《びるかさり》きやち

又辺留笠利《びるかさり》から／中瀬戸内《せとうち》かち
又中瀬戸内《せとうち》から／金《かね》の島《しま》かち
又金《かね》の島《しま》から／せりよさにかち
又せりよさにから／かいふたにかち
又かいふたにから／安須杜《あすもり》にかち
又安須杜《あすもり》にから／赤丸《あかまる》にかち
又赤丸《あかまる》にから／さちぎや杜《もり》かち
又さちぎや杜《もり》から／金比屋武《かなひやぶ》にかち
又金比屋武《かなひやぶ》から／崎枝《さきよだ》にかち
又崎枝《さきよだ》から／親泊《おやどまり》にかち
又親泊《おやどまり》から／首里杜《しよりもり》にかち

又辺留笠利《びるかさり》から／中瀬戸内《せ(とう)ち》きやち
又中瀬戸内《せ(とう)ち》から／金《かね》の島《しま》かち
又金《かね》の島《しま》から／せりよさにかち
又せりゆさにから／かゑふたにかち
又かゑふたにから／安須杜《あすもり》にかち
又安須杜《あすもり》にから／金比屋武《かなひやぶ》にかち
又金比屋武《かなひやぶ》にから／那覇泊《なはどまり》かち

島村幸一は五五四に「一名高い押笠は　鳴り鳴響む押笠は〔そっと船を押して招待する〕　又喜界の浮島　喜界の萌え島　又浮島から　辺留笠利へ　又辺留笠利から　中瀬戸内へ　又中瀬戸内から　金の島へ　又金の島から　せりよさへ　又せりよさから　かいふたへ　又かいふたから　安須杜へ　又安須杜から　赤丸へ　又赤丸から　さちが杜へ　又さちが杜から　金比屋武へ　又金比屋武から　崎枝へ　又崎枝から　親泊へ　又親泊から　首里杜へ」と訳文をつけている（島村、二〇

一四、九三〜九五)。

この二点のおもろには王府の高級神女、名高く鳴り轟く押笠がまず登場し、「やうら(掛け声)押ちへ(押して、風が吹いて)使い(使いを出して迎える、招待、神迎え)」と謡われる。島村幸一はこれについて、「本歌は、喜界島から沖縄を目指した実際の航海を謡ったオモロというよりも、北方からやってくる神を迎える神のシマ渡りのオモロであろう。喜界島は琉球の入り口の島。そこから順番に「〜から〜かち」という形式の中に、北から首里杜(首里城)まで地名が謡われていく。神の道行き、巡行のウタである」と述べる。また喜界島が琉球の入り口にある島、とされるのは伊平屋島田名の神謡、ティルク口に来訪する神がまず喜界島に降りる、と謡われていることと対応している、と島村は指摘する(同書、九五〜九六)。

このおもろは確かに押笠神女の神迎えを謡っているが、島を南下している航路は現実のものである。おもろでは喜界島から奄美群島の島伝いの航路が謡われる。「(に)から」は作用の起点をさし、「かち」は○○の方向に、ということを意味する。五五四は沖縄島北端の辺戸の安須杜に到達した後、赤丸(国頭村奥間)、さちぎや杜(古宇利《こうり》島も含めた赤丸から今帰仁にかけての拝所・御嶽だと推定される)、今帰仁金比屋武《なきじんかなひやぶ》(金比屋武は今帰仁ぐすくの拝所の名、今帰仁の異名)、崎枝(中頭郡の残波《ざんぱ》岬)、親泊(那覇港)、首里杜(首里城)と沖縄島周辺でのやや細かい航路と那覇港から首里城への道程を示すが、島伝いの航路は二点とも同じである。

その航路は喜界島→奄美大島の辺留笠利(笠利村辺留、奄美大島北部)→中瀬戸内(奄美大島の瀬戸内の海峡、奄美大島南部）→金の島（徳之島）→せりよさ（沖永良部島）→かいふた（与論島）→辺戸の安須杜→今帰仁金比屋武→那覇港、である。この列挙される地名のうち辺留笠利の辺留には琉球石灰岩の台地の上に辺留《べる》ぐすくがある。笠利にことさら辺留がつけられているのは、笠利村の東海岸の辺留ぐすくがあったことと無関係ではないだろう。

島村幸一は辺留笠利について、先学の「『おもろさうし』が「辺留笠利」と謡ったのも、辺留グスクを中心にふたつでひとつの共同体であったことを窺わせる空間の広がりであった」との指摘を引用する。そして大島を直轄地とした薩摩藩が笠利に奉行所を置いたことを述べ、「ここが、大島の中枢の地であったのだろう」と指摘する（島村、二〇一四、九七）。

繰り返しになるが、拙著では「喜界の浮島から那覇泊こと浮島への航海おもろは、奄美群島が琉球王国の版図に入り、島を南下する航路が安定的に確保された束の間の情景を伝えます。一四六六年の尚徳王の喜界島征討後、一六〇九年の島津の琉球侵攻までの時期です」と述べた（福、二〇〇八、八三）。しかし、前掲のように一五三一年の原おもろさうし、巻一のおもろに「おぎやか思いに　笠利　討ちちへ　みおやせ」とある。このことは、十六世紀に入っても笠利半島には尚真王に敵対する勢力が存在した可能性を示唆する。しかし、この航路は琉球王国と奄美群島の政情いかんに関わらず運用されていた。

小園公雄は李氏朝鮮の宰相、申叔舟が一四七一年に刊行した『海東諸国紀』の地図に注目する。その地図「海東諸國総圖」には吐噶喇列島の島が記載され、口島・中島・臥蛇島・小臥蛇島・多伊羅島（平島）・諏訪湍《せん》（諏訪之瀬島）・悪石（悪石島）・島子（小宝島）・渡賀羅（宝島）がそれである。小園は「諏訪湍は諏訪タンか諏訪センかのいずれかであろう。湍は「早瀬」「急流」とか「早い」ということ、七島灘でも平島と諏訪之瀬島との間は最大の潮流箇所であり、しかも現在では諏訪之瀬島と表記されておるので「湍」とした」と述べる（小園、一九九五、四八八）。この諏訪湍の「湍」は現実の危険な潮流を表現している。

小園は「琉球國記」の朝鮮国慶尚道東莱県の富山浦（釜山）を起点とした琉球国都までの里程を図式化し、次のように述べる（同書、四九〇）。

航路と里程で見る限り、きわめて多くの経験を踏まえてでき上がった航路といえよう。ここで問題にしたいのがある。それは、右経路は、朝鮮→対馬→壱岐→肥前松浦半島に至り、此処を出航した船は恐らく九州西海岸を南下して、薩摩国坊津・坊泊の両津（港）を経由して、黒島と硫黄島の間をすり抜け、南下して恵羅武（上屋久町口永良部島）の脇を通り一四五里隔てた奄美大島を通過する。更に南下して度久島（徳之島）の沿岸に到着して、やがて沖永良部島・與論島の沿岸を通り抜ける頃には、琉球王国の北端辺土《へど》岬が眼前となり、本部半島の突端に接しながら南進して、目的地の琉球王朝の国都首里に到着と相なる。

この航路の奄美大島以南が前掲のおもろと一致しているのは言うまでもない。

小園は『海東諸国紀』の「日本國西海道九州之圖」に描かれた四本の航路のうち二本が博多を起点とし、吐噶喇列島の島々の東と西をそれぞれ通過し、大島に向かうことを指摘している。小園はまた、明人の鄭舜功が著した『日本一鑑』（一五五七年成立）の地図について言及し、吐噶喇列島の島々が「琉球と九州・本州・朝鮮との通商や、朝貢するための航路の指標であった」と述べ、併せて「ここはまた、倭寇跳梁の絶好の場所でもあったのだ」と述べる。小園はまた、『海東諸国紀』に登場する島津家一門や地方豪族の名を島津氏の系図ほかで照合し、「倭寇は北九州や瀬戸内出身者や三島（対馬・壱岐・松浦）だけでなくて、九州全般が総倭寇であった観さえある」と指摘している（同書、四八〇・四九〇・四九二〜四九三）。

この小園の一連の考察から、琉球と九州・本州・朝鮮との通商や、朝貢するための航路として奄美大島から南下して琉球に至る『おもろさうし』のおもろの航路は、合法、非合法を問わず様々な人々が様々な思惑を秘めて通航していたことがわかる。『海東諸国紀』（一四七一年）、原おもろさうし巻一（一五三一年）、『日本一鑑』（一五五七年）、薩摩の琉球侵攻後の『おもろさうし』巻十・巻十三（一六二三年）においても、この航路が重要視されていたことは言うまでもない。

真栄平房昭はフィリピン海域から北上する黒潮の流れに沿ってルソンから日本へ貿易船がやってきて、十六世紀後半、南蛮船や中国船が薩摩沿岸の坊津、山川、阿久根などの港に寄港したことを述べ、「当時、日本からルソンまでの航海は、琉球の島伝いに南下して行くコースが比較的安全であった。それについて、スペイン商人アビラ・ヒロンはその著『日本王国記』で、マニラまで毎日夜は陸上で寝て行くことが可能だと述べている」と指摘する（真栄平、二〇〇四、一八〜一九）。この琉球の島伝いの南下航路がおもろの航路の延長上であることは言うまでもない。

島村幸一は「琉球ではひとつの観念として祭祀に来訪する神は北方から渡来すると考えられている」と述べる。そして、喜界島から奄美大島を経て沖縄島に南下する五五四について、最終節に首里杜が謡われることをもって「このオモロが「首里杜」で謡われる祭祀の神迎えのオモロと考えることができるだろう。本歌が実際的な航海を謡ったオモロでないのは、謡われる地名が美称辞的、聖名的な地名となっていることと関係しよう」と述べる（島村、二〇一四、一〇一〜一〇二）。

島村の指摘は重要であり、神謡世界で喜界島が琉球の入り口の島、とみなされていたことも確かであろう。ただ、城久遺跡群の存在を知るとき、喜界島を起点としていることに何らかの意義を探りたい、とも考える。この航路のおもろは、あるいは過去に喜界島から製鉄技術などの先進文化を携えて島伝いに南下して沖縄島に至り、王権の礎を築いた祖先の足跡を謡い、祖神を迎えるおもろかもしれない、と想像する。

またこのおもろの中瀬戸内については、『瀬戸内町誌』に「喜界から辺留笠利に至り、それから奄美本島の東海岸を南下し、瀬戸内の海峡から徳之島に向かうコースがあったことが分るのである」との指摘があり、嘉徳遺跡や安脚場遺跡などの立地の意味を考えるのも必要であるとして次のように述べる（瀬戸内町町誌編集委員会、一九七七、一九〜二〇）。

これらの遺跡の立地は、古き「おもろ」の時代から考えてみると、さほど、困難なく理解できるものである。すなわち、瀬戸内海峡から、奄美本島東海岸を北上する海上交通のコースが伊須湾、嘉徳等を足がかりに海上を往来していたものであったろうし、安脚場は、その海峡の東の入口にあったこと、そして安脚場の対岸の皆津崎には、また、遺跡が存在することに気づくと単なる偶然であるとは、いい切れないものである。(中略)今では、全く、忘れられた奄美本島東海岸から、喜界島へかけての海上交通の古さに、目をむける必要がある。

『瀬戸内町誌』の記す奄美大島の東海岸、そして西海岸を通航する航路があったことは想像に難くない。

喜界島から奄美大島を経て沖縄島の那覇港に南下するルートは、おもろ時代の琉球の海民が通過したルートである。それと同時にヤマトから南下する人々や倭寇も通ったはずである。前述のように喜界島は神謡の世界では琉球の入り口とみなされていた。そして、喜界島から沖縄島への南下の航路を謡うおもろは、神迎えのおもろであると同時に現実の航路である。おもろ世界は神霊の霊威について謡う場合が多いが、現実を反映する場合もある。この航路のおもろはそのことを表している。

前述のように城久遺跡群が近い将来に放棄される時期、奄美群島は沖縄島の中城ぐすくや勝連ぐすくの主達によってその支配権が待望された。それは、彼らにとって奄美群島に魅力があったことにほかならない。その魅力とは、前述のように沖縄島よりも本土に近く、長期にわたって交易拠点だった島々だからである。

また、奄美群島の島々を通過し、南下していく航路の存在を、おもろから知ることができる。正確な地理情報を提示するおもろは、その航路を通った人々と、その航路を知るおもろ作者や歌唱者のことを思わせる。

## 北上航路—沖縄西海岸から七島灘

航路に関して言えば、おもろ世界には沖縄島西海岸を北上し、鹿児島に至るルートが見いだせる。島村幸一は先学に拠って『おもろさうし』巻十三の常套句、「吾《あん》 守《まぶ》て 此渡《ど》 渡《わた》しよわれ（私を守ってこの海をお渡しください）」の出現する十五点のおもろは九六七を除き、沖縄本島西海岸の主要な岬や島の神（神女）へ船上の船人が、無事にこの岬や島を通過させてほしいと祈るおもろであると述べ、「西海岸の航海ルートは黒潮が北上し、近世期における鹿児島への航海ルートである」と指摘する（島村、二〇一二、八四〜八五）。

なお、島村は「此の渡　渡しよわれ」の此の渡を「この海」と表記している。筆者は「この海」に航海上の難所の渡《ど》の意味も加味したい、と考えている。その理由は拙著で述べた（福、二〇一三、二五一）。また、そのことをよく示すおもろに巻十三・九四五の「一与路渡《よろと》 出《い》ぢへて 走《は》り居《よ》れば／たかまるは 崇《たか》べて／吾《あん》 守《まぶ》て／此渡《と》 渡《わた》しよわれ／又此渡《と》 出《い》ぢへて 走《は》り居《よ》れば／けなち嶽《たけ》 崇《たか》べて（与路島の沖の海に出て走っているから、たかまる嶽、けなち嶽を崇敬して、私を守ってこの海を渡し給え）」がある。

九四五の与路渡について、『瀬戸内町誌』は明治六（一八七三）年の『南島誌』に「渡連方与路島、請島は伊子茂港に至る間二里或るは三里、皆急潮にして船を行るに最至難の地なり」とあることを指摘する。同誌はまた幕末の名越左源太の『南島雑話』の「属島」に「請　回り四里九丁、属西間切（西間切古見港より渡海す。大島第一の荒波なり。島人に遠寫人湊舟を盗み、此荒波に巻かれ死するもの多し）。与路　回り三里弐拾丁。請・与路之間、海上弐拾丁と雖も、三十六丁一里、其間、海岸山坂嶮岨、大概之縄を以て究むる丁数なり。依て不祥事多し」（国分・恵良校注、一九八四、一一六）とあるのを引用し、「与路、請島海峡が大島第一の流れのはやい海峡で有名であったことが分る」と述べる（瀬戸内町町誌編集委員会、一九七七、一六・二一～二二）。

この記述は与路、請島海峡が古来、渡るのが困難な海峡だったことを示す。この海峡が九四五の与路渡であった可能性がある。与路島、請島については後述する。

「吾　守て　此渡　渡しよわれ」が出現するおもろは、次のようになっている。なお、此渡の表記は岩波文庫版に依拠する。九〇九以下の（以下略）の部分には「私を守ってこの渡を渡して下さい」が入る。

八一五　伊江の按司の航海は押笠神女に守られ、私を守ってこの渡を渡して下さい

九〇四　大西・崎枝（残波岬）に鳴り轟く名高いなよくら神女、私を守ってこの渡を渡して下さい

九〇九　恩納のお方、やきしまの航海だ、押し分き神女・親のろを崇敬して（以下略）

九一一　せむらい・うつの浦（国頭郡屋我地島《やがぢ》の済井出《すみいで》とその湾名か）の親のろを崇敬して（以下略）
九一四　水納島《みんな》（国頭郡本部町瀬底島の沖の島）、小さな離れ島の笑い子神女を崇敬して（以下略）
九一八　伊平屋島《いへや》の親のろよ、田名《だな》（伊平屋島）の親のろよ、聞ゑまねこせよ（以下略）
九二一　屋嘉比杜（国頭郡大宜味村田嘉里の杜）におわす親のろ、赤丸岬（国頭村桃原《とうばる》）におわすてくの君を崇敬して（以下略）
九二二　辺戸（国頭郡国頭村）におわすましらて、奥（国頭村奥）におわすましらてを崇敬して（以下略）
九三三　与論島の親のろ、根の島の親のろはとからあすびを崇敬して（以下略）
九四一　沖永良部島、離れ島のやむま嶽に鎮座する神々（以下略）
九四二　沖永良部島、離れ島におわす三十人ののろ達を崇敬して（以下略）
九四四　徳之島におわす三十人ののろ達、四十人ののろ達を崇敬して（以下略）
九四五　与路島の沖の海、此渡を出て走っているから、たかまる（与路島の嶽の名）・けなち嶽（たかまるのこと、あるいは喜界島の花良地嶽《けらじ》）を崇敬して（以下略）
九四六　赤木名（奄美大島北部の赤木名村）ののろ、根の島ののろの下の国かね（以下略）
九六七　奥渡舞う鬼鷲、渡中舞う鬼鷲は帆柱に取り付けた滑車の上の神の使いだ（以下略）

八一五の伊江島は国頭郡で、今帰仁村の備瀬崎の西方海上の島である。そして、九〇四以降は次のようになっている。

九〇四（残波岬）→九〇九（恩納）→九一一（屋我地）→九一四（水納島）→九一八（伊平屋島）→九二一（屋嘉比杜・赤丸岬）→九二二（辺戸・奥）→九三三（与論島）→九四一・九四二（沖永良部島）→九四四（徳之島）→九四五（奄美諸島の与路島）→九四六（奄美大島北部の赤木名）→九六七（奥渡）

九〇四の残波岬は「那覇港から出航すると最初に通過する主要な岬」（島村、二〇一二、八二）である。そして沖縄島の西海岸を北上し瀬底島の沖の水納島からいったん、伊平屋島に至り、沖縄島に戻って再び西海岸を北上し、沖縄島最北端の辺戸岬と辺戸岬から東海岸を若干南下したところにある奥を望見し、奄美群島の島々を北上し、赤木名から奥渡に至っている。

九六七のおもろは次のようになっている。

巻十三 - 九六七

一 奥渡《おくと》 舞《ま》う 鬼鷲《おにわし》／つゝが上《うゑ》 使《つか》い／吾《あん》 守《まぶ》て／此渡《このと》 渡《わた》しよわれ

又渡中《となか》　舞《ま》う　鬼鷲《おにわし》／せひが上《うゑ》　使《つか》い
〔沖の海を舞う鬼鷲は帆柱に取り付けた滑車の上の神使いだ、私を守ってこの海を渡し給え〕

島村幸一はこのおもろの「「奥海《おくと》／海中《となか》」は排列からするとこれが島影が消えた奄美諸島以北の七島灘の海を意味することになる」ので、「「吾　守て　此の海　渡しよわれ」は、船上にある船人が岬や島の神々に祈った表現である。しかも、この表現が沖縄からヤマト（本土日本）への航海のオモロに集中することを考えると、この常套句を持つオモロはヤマトへの航海歌であると考えられる」と述べる（島村、二〇一二、八五）。

七島灘の海とは吐噶喇列島のある海域である。この海域は航海上の難所であり、吐噶喇列島の海民がこの海域を乗り越える巧みな操船をし、七島船頭衆として朝鮮半島から琉球へ至る海上航路を熟知していたことはすでに述べた。「吾　守て　此渡　渡しよわれ」の一連のおもろがヤマトへの航海歌であるなら、先に述べた与論島で崇敬される神、とからあすび（九三三）はやはり吐噶喇列島にちなむ航海守護の神であろう。

「吾　守て　此渡　渡しよわれ」の詞句を持つ一連のおもろは、巻十三のおもろ配列を考察する際、重要な示唆を与える。巻十三は七四六から九八一までのおもろを集成するが、この詞句のある九〇四前後から九六七前後のおもろは編纂時に何らかの関連性を認められながら配列された可能性が強い。前掲のように池宮正治は巻十三の奄美おもろの九二八から九四八が「奄美の各島毎にまとめられ、しかも南から北へと整序されている。極めて意図的で計画的な編纂であることがうかがえるのである」と述べる（池宮、一九九〇、二〇〇〜二〇一）。池宮の指摘をふまえ、巻十三のおもろの配列をさらに考察することを、筆者の今後の課題とする。

那覇港を出航して沖縄島の西海岸を北上し、奄美群島を経て七島灘を越えて北上するルートは、琉球の海民のルートであると同時に、倭寇や大航海時代に東アジアを目指した船、そしてキリスト教宣教師を乗せて日本に向かう船も通ったはずである。真栄平房昭は長崎―ルソン間の航路について次のように述べる（真栄平、二〇〇四、三〇）。

> まず長崎の男女群島の「女島」（めしま）を出帆し、南西・南南西の間に針路をとり、百三十里ほどでレイシ（石垣島）に至る。さらにヨナコ（与那国島）を経て南南西へ進むと、台湾東岸のタハコ島（ボテル＝トハバコ島）に至る。そこから真南と南南西の間を進めば、筆架山《ハハヤン》（ルソン島北端のバブヤン島）に達する。帰路は逆のコースを北航するが、もし季節遅れの場合は、「琉球ノ地ヲ添テ」、奄美・薩摩半島の甑島へ北上すべしと記されている。つまり、琉球や奄美の島づたいに南九州へ向かうコースである。

日本からルソンへの南下航路の一部は、前述のように喜界島から那覇港に南下するおもろの航路と一致する。逆に、ルソンから日本への北上航路の一部が巻十三のおもろが提示する沖縄西海岸から七島灘の航路と一致する。真栄平は日本とルソンの交易によって、侘茶の隆盛のため価格が高騰し、投機の対象となったルソン壺や甘藷（サツマイモ）、中国産生糸など、多種多様の交易品がもたらされたことを述べる。

真栄平は「このルソンとの通交に関して、琉球の外交文書『歴代宝案』は何もふれていない。その理由は、おそらくスペイン政庁の統治下にあるルソンが、中国を宗主国とする冊封体制下の通交システムとは異なる通交相手であったからだろう」と述べる（真栄平、二〇〇四、三六）。

村井章介も琉球船がルソンを訪れていたことを次のように指摘する（村井、二〇一一、四一〜四二）。

英訳フィリピン関係史料集『フィリピン群島』に収められた一五二五年ころの史料に、「ズブ（セブ島か）から五〇レグア行ったところにチピット（未考）がある。そこから北西に二日間の航海でルソンと呼ばれる大きな島に着く。そこには毎年琉球人の所有する六〜八艘のジャンクがやってくる」という記述がある。つぎに、藤原惺窩の「南航日記残簡」によれば、一五九六年、惺窩は中国渡航をもくろんで大隅国内之浦を訪れ、地元の役人竹下宗意や船頭たちと葡萄酒を酌み交わし、ルソンや琉球の風土について歓談した。竹下は琉球に家や妻子があり、異国の事情に通じていた。惺窩はそこで「呂宋琉球路程記録之冊」や南蛮系と思われる「世界図」を実見した。さらに、琉球士族の「那姓家譜」によれば、万暦年間（一五七三〜一六一九）に、琉球人新垣筑登之親雲上《ちくどのぺーちん》善房が、王の命を受け、ヤマト人の「自安大円宋治」とともに、交易のため「南蛮属島呂宋」に渡航したという。

第二、第三の史料にあらわれる「ルソン」とは、一五七一年にマニラを占拠したスペイン人勢力が中心であろう。しかし、それ以前から倭寇勢力がマニラを訪れており、占拠当時にも日本人二〇人と中国人四〇人が在住していたという。第一の史料はマゼランのフィリピン群島到達後ほどない時期のもので、ルソンにヨーロッパ勢力が定着する以前の状況を示している。フィリピン群島から遠くない琉球人は、倭寇勢力の一翼としてルソンを恒常的に訪れていたのである。

これらの指摘からわかるように、ルソンから北上して琉球を経由し、日本本土に至る航路を日本や琉球商人のほか、倭寇も用いていたことがわかる。

一方、おもろの世界では「中国や「なばん」（南蛮）と呼ばれた東南アジア諸国へ、王の船を発遣する時も、恙なき帰還を願って、王や聞得大君以下の神女、王府の首脳の臨席のもと、荘厳な儀礼が執り行われ、おもろが歌われた。ところが、おもろの外国意識は極めて心許ないものである」と池宮正治は述べる（池宮、一九九〇、一九一）。

池宮は先学に拠って、アジアに発遣された船が記録に残るだけでも百隻余りあるのに、おもろの認識する世界は京《きや》・鎌倉・やまと・やしろ・筑紫・日本・かわら・南蛮《なばん》・唐《たう》くらいであり、一五一七年の年号を記す巻十三 - 七六二の詞書の真南蛮はシャム（タイ）を示す、と述べる。そして「どうやらシャムを、おもろ人は「まなばん」ととなえたらしい。つまり南蛮（東南アジア）のなかで圧倒的に交易数の多かったシャムが、南蛮の中の南蛮、即ち真南蛮と呼ばれるのは、理解できることである。しかし、それにしても、当時の国名をおもろに見出すことはできないのである」と述べる（池宮、一九九〇、一九三〜一九四）。

おもろになぜ当時の具体的な国名が登場しないのかについての考察は措く。ただ、おもろに登場しない国々にも琉球の船が赴いたのは確実である。

おもろ世界の男達は沖縄島から北上する際には常に海域の難所の渡を意識した。そして航海守護の神霊や聖域で祭祀を行う神女達に祈りつつ、沖縄西海岸から七島灘を越える航海を行ったのである。

## 奄美群島の神と琉球王国

奄美のおもろの中には奄美の神と琉球に深い関わりがあったかのように読めるものがある。その奄美の神とは、月しろ神である。奄美群島の月しろ神は沖永良部島に現れる。その月しろ神についての以下の記述は共著と拙著を参照している（吉成・福、二〇〇七、五五〜五七・二八〇〜二八一・福、二〇一三、二六二〜二六七）。

巻十三 - 八五〇
一月しろの大主《ぬし》／きくやなき嶽《たけ》から／山端《やまは》　治《ひぢ》めかちへ／上《あ》がて　照《て》る月しよ
　吾《あ》が成《な》さが／せひき／やひき　ゑ　上《あ》がる様《や》に
又永良部《ゑらぶ》　照《て》る月しよ

〔月しろの大主、きくやなき嶽から山の端を照らして昇って照る月こそ、わが父なるお方がせひき（未詳語）、祈願に応えて神が出現し、ゑ、上がるように、沖永良部島に照る月こそ〕

このおもろに続く八五一は三七九との重複おもろで、「一天《てに》に鳴響《とよ》む大主《ぬし》／明《あ》けもどろの花《はな》の／

咲《さ》い渡《わた》り／あれよ　見《み》れよ／清《きよ》らやよ／又地天鳴響《ぢてにとよ》む大主《ぬし》／明《あ》けもどろの花《はな》の（天に鳴り轟く大主、地から天に鳴り轟く大主〈太陽神〉は明け方の花の咲き渡り、あれを見てごらん、美しいことよ）」と昇る朝日で表象される太陽神を謡っている。

八五〇は八五一と対応しており、山の端を照らして昇る月であり、月神でもある存在を謡っている。その月神は沖永良部島のきくやなき嶽から昇る月であり、わが父なるお方のもとに出現する。このおもろの「吾が成さ」が具体的に誰を示すのかは、不明である。

このおもろに類似したおもろは、次のようになっている。

巻七 - 三五〇

一聞《きこ》ゑせぢ新君《あらきみ》／東方《あがるい》に　鳴響《とよ》む／きくやなき嶽《たけ》から／上《あ》がて　おわる　月しゆ
首里杜《しよりもり》　ちよわる／吾《あ》が貴《たゝ》み加那志《がなし》しゆ／真《ま》だに　やびきよわちへ
又鳴響《とよ》むせぢ新君《あらきみ》

〔名高く鳴り轟くせぢあら君、東方に鳴り轟くきくやなき嶽から昇ってくる月こそ、首里杜にまします吾が貴いお方にこそ、まことに出現し給いて〕

三五〇では、きくやなき嶽から昇る月こそが首里の国王のもとに影向《ようごう》することを謡っている。なお、せぢ新君は他にも巻十 - 五一七と巻十三 - 九七六の重複おもろにそれぞれ二例ずつ登場する。

五一七は「一聞《きこ》へせぢ新君《あらきみ》／大島《たしま》　鳴響《とよ》も　おもかは／上《あ》がて　おわちへ／若《わか》い子《きよ》　行《い》き合《や》て　見《み》ちやる／又鳴響《とよ》もせぢ新君《あらきみ》（後略　名高く鳴り轟くせぢ新君、大きな島に鳴り轟く太陽は昇ってましまして、若いお方〈国王か〉と行き合って見たる〈眼を合わせることによって霊力の交流をする〉）」となっている。五一七のせぢ新君と三五〇の同名の神女が同一人物であるかどうかはわからない。

八五〇と三五〇の用例としては、「やびく」は祈願に応えて神が出現すること、影向することを意味する。島村幸一は九九八に「撓わにな／やびきやにな」の対語があることから「調和する意の〈撓う〉に近い語であると想像される」と述べ、「月（神女に重ねられるか）とティダ（太陽）である支配者（男性）の呼応関係、感応関係を謡ったオモロと捉えられるかもしれない」と推定している（島村、二〇一六、六五）。

やびくの用例は十五例あり、神を祀る家に籠る人間の女性（おなり按司）が外へ出ることを承諾する九九八のほかは、神や祭祀の際に神同様の存在とみなされる神女がやびくのである。

やびく者とやびく場所は次のようになっている。やびく者が先で、イコール（＝）の後に用例数と番号、そしてやびく場所を記す。

・神（にるや・かなやの神）＝四例（一〇〇と四九〇の重複おもろ）綾子浜・雪の嶽
・神（にるや・かなやの神）＝二例（四〇）綾子浜・しつこ浜

・差笠＝二例（三六一）首里杜ぐすく　おぼつ嶽・真玉杜ぐすく　かぐら嶽
・てるかは・てるしの＝二例（三六四）首里杜御内に　てるかはが　揚がる杜　杜ぐすく・真玉杜御内に　てるしのが　金の杜　杜ぐすく
・神（てるかは・てるしの）＝二例（五〇八）あざか嶽・しぢく嶽
・きくやなき嶽から上る月＝一例（三五〇）首里杜にましますわが貴いお方
・月しろの大主＝一例（八五〇）吾が父なるお方
・おなり按司＝一例（九九八）ゑけり按司

これらの用例を見ていくと、神を祀る建物であるあしゃげに籠った姉妹（おなり）が、ゑけり（兄弟）の呼び声によって兄弟のところに出てこよう、という例外的な九九八を除き、他界の神や他界に赴いた神女差笠が祭祀空間にやびくことがわかる。綾子浜とは島尻郡与那原町与那原の浜であり、国家的な祭祀が挙行されていた。しつこ浜も綾子浜と同じである。雪《よき》の嶽《たけ》は岩波文庫版脚注には「「よきの浜」の誤りか」とある。雪の嶽は綾子浜の対語であり、よきの浜であっても綾子浜を意味する。

三六一と三六四は首里城内の聖域に神女や神がやびくことが謡われている。三六一で差笠はおもろでかぐら・おぼつから帰ったことが謡われ、「首里杜ぐすく　おぼつ嶽・真玉杜ぐすく　かぐら嶽」にやびく。このやびく者は差笠であり、おぼつ・かぐらの神でもある存在だろう。首里城内の聖域は、おぼつ・かぐらという天上の他界と同名の場合がある。

三六四では太陽神てるかは・てるしのが「首里杜御内に　てるかはが　揚がる杜　杜ぐすく・真玉杜御内に　てるしのが　金の杜　杜ぐすく」にやびく。この聖域名もまた、やびく神と地上の聖域の呼称が一致している。五〇八のあざか嶽・しぢく嶽は、聖なる植物のあざか（琉球青木、和名ボチョウジ）と、しぢく（ボチョウジの方言名）の生える嶽である。島村幸一は、五〇八は三六一とは近い内容を謡ったおもろと考えられる、として「「あざか嶽／しぢく嶽」は第七‐三六一にでる「首里杜ぐすく　おぼつ嶽／真玉杜ぐすく　神楽《かぐら》嶽」であると考えられる」と述べる（島村、二〇一六、六五）。

このようにやびく主体が神女の場合もあるが、おおむね神が人間の祈願に応えて聖域に現れる。そのような用例が多いことをふまえると、沖永良部島のきくやなき嶽から上る月こそが、首里の国王のもとにやびく、そしてきくやなき嶽から上る月しろの大主が、わが父なる方のもとにやびく、というのはやびくの用例としては特殊なことがわかる。沖永良部島の聖域から上り、男性、そして国王のもとにやびく月しろの大主と月は、男性支配者に力を与えるために現れたと考える。

なお、月しろの他の用例は次のようになっている。

巻一‐五　聞得大君が赤い鎧を召し、刀を佩びる祭祀で月しろ、物知りを先立てる

巻十九‐一二九二　佐敷苗代で祈願され、父なるお方を守護する

巻十九 - 一三〇八　知念杜ぐすくで祈願され、父なるお方が招請を待つ

佐敷は第一尚氏の本拠地だった土地であり、知念杜は琉球王国の国家的祭祀が行われる聖域である。また、最高神女の聞得大君が鎧を身に着け、刀を佩びる祭祀で月しろが物知り（不可知の世界について知るシャーマン）と共に先立てになっているのは、月しろが武力と関係が深いことを思わせる。なお、島村幸一は「月しろ」と「物知り」を神女名としている（島村、二〇一〇、三四七）。また、前述のように、きくやなき嶽から上る月であり、月しろの大主である神は男性支配者のもとにやびく。これは月しろ神の力が男性的な力、すなわち武力であることを示唆している。

沖永良部島には後述のように倭寇の頭目の後蘭孫八《ごらるまごはち》がいた。この月しろ神は倭寇の守護神の八幡神と結びついている。八幡信仰には十五夜の夜、満月に八幡神を観想する、という要素がある。

沖永良部島の聖なる嶽山、きくやなき嶽から上る月は首里城の聖域にまします国王のもとに現れる。このことは、琉球国王と沖永良部島の繋がりの深さを思わせる。しかし、その繋がりが具体的にどのようなものだったかは、おもろからはわからない。

このほかに、与論島の神と第二尚氏第三代の尚真王が関係を持っていたことを示唆するおもろ群もあり、それは巻五にある。やや煩雑ではあるが、まず巻五の尚真王のおもろについて述べる（吉成・福、二〇〇六）。

巻五は国王の中でも尚真王、ことおぎやか思いに関するおもろが多く集成されている。その中に

は二四〇のように「一あまみきよが真細工《まさいく》／首里杜《しよりもり》　げらへて／げらへやり／おぎやか思《も》いに　みおやせ／又しねりやこが真細工《まさいく》／真玉杜《まだまもり》　げらへて（あまみきよがすぐれた細工をして首里杜を造営し、造営して尚真王に奉れ、しねりやこがすぐれた細工をして真玉杜を造営し、造営して）」と、始原の創世神であるあまみきよとしねりやこが宗教的な首里城を意味する首里杜と真玉杜を造営し、尚真王に奉れ、と謡うことがある。このおもろは実在の尚真王というよりも、始原の神々の造営した首里城を嘉納する神、尚真王を謡っている。

二四一では「一あまみきよわ／大島《しま》は　造《つく》て　やちよ／英祖《ゑぞ》にや末《すゑ》／おぎやか思《も》いに　みおやせ／又しねりやこは／大島《しま》は（あまみきよは大島を造って永遠に英祖《えいそ》王の末裔である尚真王に奉れ、しねりやこは大島を）」と、あまみきよとしねりやこが大島を造り、英祖王の末裔の尚真王に奉れ、と謡っている。尚真王を英祖王の末裔とするのは、英祖王統の英祖王が、母は人間だが父は太陽神である、という伝承を持っているからである。太陽神を至高の神としていた尚真王の時代、英祖王の末裔と名乗ることは、尚真王もまた太陽神と血統的につながることを意味する。

また、二八〇は「尚真王のお考えによって離島を揃え、歓会門を造営して永遠に尚真王は行く末勝れてましませ」と謡い、二八一は「尚真王のお考えによって松並木が植えられ、尚真王は喜び誇って行く末勝れ、枝が差して茂っていくように」と「あまみきよとしねりきよは島と国を造り、尚真王が島と国の気を合わせ（統一し）、沖縄全島を統一し、離島を統一し、太陽神に守護されよ」と謡っている。二八二も尚真王のお考えにより大道（首里から那覇までの道）が造営され、若松

（大道《うふどう》松原）が植えられたことを謡い、二八三は尚真王のお考えで円覚寺が造営されたことを謡い、二八四は尚真王のお考えで松並木が植えられたことを謡う。

第二尚王統の歴代の王の中で統治期間が長く、琉球王国の繁栄の時代を築いた尚真王は、実在の王であると同時におもろ世界では神格化されている。そのような尚真王のあり方は、かつて共著で指摘した（吉成・福、二〇〇六）。

そのような尚真王と与論島の神の繋がりを謡うおもろ群がある。このおもろ群についてもかつて共著で言及した。繰り返しになる部分もあるが、そのおもろ群について述べる（吉成・福、二〇〇七、二七六～二八一）。

その用例は次のようになっている。

巻五‐二三五
一玉《たま》の御袖加那志《みそでがなし》／首里杜《しよりもり》　げらへて／上下《かみしも》の戦《いくさ》せぢ　みをやせ
又げらへ御袖加那志《みそでがなし》／真玉杜《まだまもり》　げらへて
又首里杜《しよりもり》　ちよわる／若《わか》い子孵《きよす》で加那志《がなし》
〔玉の御袖加那志は首里杜を造営して、島中の戦勝の霊力、戦せぢを奉れ、げらへ御袖加那志は真玉杜を造営して、首里杜にましますす若々しい新生のお方（国王）〕

巻五 - 二三六
一げらへ沖縄《ゆきなわ》が／首里杜《しよりもり》　降《お》れわちへ／世添《そ》うせぢ／おぎやか思《も》いに　みおやせ
又鳴響《とよ》む沖縄《ゆきなわ》が／真玉杜《まだまもり》　降《お》れわちへ
又君《きみ》ぎや　寄《よ》り立《た》〔た〕ば／雲子《くもこ》　寄《よ》り満《み》ちへて
又君《きみ》ぎや　寄《よ》り立《た》たば／金《こがね》　寄《よ》り満《み》ちゑて
〔げらへ沖縄神女が首里杜に降臨して、世を支配する霊力の世添うせぢを尚真王に奉れ、名高く鳴り轟く沖縄神女が真玉杜に降臨して、君が寄り立ったならば、輝く宝物が寄り満ちて、君が寄り立ったならば黄金が寄り満ちて〕

巻五 - 二三七
一玉《たま》の御袖加那志《みそでがなし》／げらゑ御袖加那志《みそでがなし》／神《かみ》　衆生《すぢや》　揃《そろ》て／誇《ほこ》りよわちへ
又奥武《あう》の嶽《たけ》大主《ぬし》／なです杜《もり》大主《ぬし》
又かゑふたに　降《お》ろちへ／厳子《いつこ》達《た》に　取《と》らちへ
〔玉の御袖加那志、げらゑ御袖加那志、神も人も揃って喜び誇り給いて、奥武の嶽大主、なです杜大主、与論島に降ろして兵士達に取らして〕

この三点のおもろは首里城が造営された始原の時のことを謡っている。

二三五では玉の御袖加那志、げらへ御袖加那志が宗教的な首里城を造営し、国の北（上）から南（下）までの戦勝の霊力、いくさせぢが尚真王に奉られている。このおもろの「若い子孵で加那志」は尚真王をさす、と考える。二三六ではげらへ沖縄、鳴響む沖縄という名の神女が首里城に降臨し、世を支配する霊力、世添うせぢを尚真王に奉る。「げらへ」は造営する意味から転じた美称辞であり、美しい、勝れた、ということを意味する。綱川恵美は「げらへ」について、「この語は、「造営」と「調和」の意味が合わさって、〈生産叙事〉表現を形成する有力な語であることから、理想的な状態に作り整えるという意になり、それが転じて美しい、素晴らしいという意の美称語となる」と述べる（綱川、二〇一六、一〇七）。

この沖縄という神女名は琉球王国の版図の中心の沖縄島を意味し、げらへ沖縄は美しく素晴らしい沖縄神女という意味である。また、あたかも琉球創世の時の女神のような呼称である。この沖縄神女の降臨によって、祭祀空間は霊力の輝きで満たされる。なお『おもろさうし』には琉球という呼称は謡われない。

そして二三七では、玉の御袖加那志とげらゑ御袖加那志と対応して、奥武の嶽大主となです杜大主が謡われる。神も人も揃って始原の神を喜び誇り、かゑふた、こと与論島に何ものかを降ろし、それを兵士達（厳子達）に取らせる。兵士達に取らせるものとは、戦勝の霊力であろう。

それでは、このげらへ御袖加那志、玉の御袖加那志という神とは一体何者なのか、ということが問題になる。この神は宗教的な首里城を造営した神である。そのような神には、前述のようにあまみきよやしねりやこ（しねりきよ）がいる。この神もまた、あまみきよやしねりやこのような創世神なのである。そして、この神名の「げらへ」と「玉の」と「み」、そして「かなし」は美称辞である。すると、この神の名は袖ということになる。

『おもろさうし』に袖の用例は全部で二十四例ある。その用例は次のようになっている。

・船の航行について「袖　垂れて」と謡う例＝八例（一〇四に二例・七五〇・八五六・八七八・九〇三・九二八・一四四五）
・神名（玉の御袖加那志・げらへ御袖加那志）＝六例（二三五に二例・二三七に二例・一五一五に二例）
・人の着物の袖＝五例（一〇八・三六七・九九九・一〇〇〇・一一一五）
・神女名（袖清ら）＝三例（九一・五五二・八三八）
・男性（阿摩和利）の姿（島知りの御袖の按司　国知りの御袖按司）＝二例（一一三四に二例）

袖垂れについて、島村幸一は「風に従って走ることを表す表現であると考えられる」と述べ、神や支配者に対して恭順の意志を示す姿としての袖結《そでゆい》に言及する。そして「「袖結」は〈袖振り〉に対義する語で自らの意志、あるいは霊的力を発揮せず、それを畳込む姿、恭順の意志を表す姿である。〈袖垂れ〉は「袖結」に繋がる表現であり、風に従って（乗って）船が海上を滑走する（鳥が滑空する）姿を表す表現である」と述べる（島村、二〇一二、八〇〜八一）。

袖結が霊的力を発揮しない状態であるなら、翻る袖は霊的力の発露でもあり、だからこそ袖清らという神女名があったり、神女同士が御裳や御袖をうちかわし、遣りかわす、というおもろ（一一一五）があったりするのである。

また島村は「『朝鮮王朝実録』「世宗実録」の「即位年」（一四一八）の記事に「琉球国王の二男賀通連」が「丹木五百斤、白礬五百斤、金爛一段、段子一段、青磁器十事」等の貢物とともに、使者を送ってきたことが記されている。この記事の「金襴一段、段子一段」は、前述した第十六‐一一三四の「島治りの御袖の按司／国治りの御袖按司」や『夏氏家譜』等に記された「阿摩和利錦緞衣裳」を想起させる。記事は『海東諸国紀』「琉球国紀」にも記されている。「賀通連」は勝連と理解されるもので、勝連グスクの領主が第一尚氏思紹の時代に、朝鮮に使者を送ったと考えられる記事である」と述べる（島村、二〇一五、八九）。

この島村の指摘から、勝連ぐすくの主だった阿摩和利が金襴や緞子などの光沢のある高級織物を朝鮮への貢物としていたことがわかる。そして、阿摩和利が高級織物の生地を仕立てて身にまとった姿として、「島治りの御袖の按司／国治りの御袖按司」が想われる、というのである。勝連の阿摩和利はおもろ世界では英雄として賛美されている。その人物が豪華な衣装をまとい、島や国を治める御袖の按司と賛美された可能性があることは、興味深い。

前述のように、玉の御袖加那志とげらへ御袖加那志は創世神である。その神が袖という名を持つのは、琉球創世の神が美しい袖に表象される衣装を身に付けていたことを示唆する。勿論、袖には霊的な意味もあり、『万葉集』などの上代文学における袖振りの仕草は魂を呼ぶタマフリでもある。この神名には霊的な袖の意味もあろう。しかし、尚真王は対外交易によって琉球王国を繁栄に導いた王である。尚真王のもとには、勝連の阿摩和利よりも豊かな富が蓄積されていたはずである。その富の中には豪華な織物やその織物によって仕立てられた衣装もあったはずである。

始原の時、宗教的な首里城を造営して尚真王に戦せぢを奉る神の姿として、袖が印象的な豪華な衣装を身に着けた神が観想されていた可能性を指摘しておく。そして前述のように「袖垂れ」は船が海上を順調に滑走することを意味する。始原の神の袖垂れは、琉球国王の船の順調な航海を約束するものでもあったと考える。

二三七のおもろには奥武《あう》の嶽大主となです杜大主が登場する。『おもろさうし辞典・総索引 第二版』の「あふのいふさき（奥武のいふ崎）」の項には「「あふ」は地名で奥武の字を当てている。陸に近い離れ小島に「おう」「あふ」の名を持つのが多い。今帰仁のウムイに「あふぬ山（奥武の山）」「たきの山（嶽の山）」、伊是名のノダテゴトに「アフタムトゥ（聖なる神の坐所）」「シケタムトゥ（聖なる神の坐所）」とあり、「あふ」「たき」「しけ」は神のましますまする聖域を意味する同義語であることがわかる」とある。そして、具体的な地名として那覇港内の奥武、久米島仲里村の沖にある奥武、島尻郡玉城村の奥武、慶良間島の奥武、国頭郡屋我地島の奥武、中頭郡津堅島のアウが挙がっている。

また、なですは桑木を意味する。桑は太陽神信仰に関わる聖樹である。巻十四‐一二〇二には山に桑の木を植えて鼓を造る、というおもろがある。なです杜大主は桑の木の生える聖なる嶽の神であり、奥武の嶽大主と同様の存在である。

なお、大主という語に注目してみると、同辞典には「本来、人格的な大主がしだいに神格化したり、貴人や太陽の尊称にまで使われるようになったものであろう」とあり、おもろ語の大主の意味として太陽、ある按司の別名、海の彼方にある楽土の主人のにるや大主、王が挙がっている。そして巻十‐五一一の原注に「首里天かなし美御前の御事」とあることが述べられている。この記述から、大主は人を指す場合と神を指す場合があることがわかる。

また、大主の「上接語」はおもろ世界では次のようになっている。

・太陽神＝東方の大主・てだが穴の大主・てだこ大主・地天鳴響む大主・天地鳴響む大主・天に鳴響む大主
・にるや・かなやの大主＝にるや鳴響む大主
・聞得大君＝真君清ら大主・島初め大主
・奥武の嶽大主
・月しろの大主
・なです杜大主

この用例から、○○の大主という場合は太陽神の用例が多く、にるや大主や聞得大君の例もあることがわかる。その中で異彩を放っているのが奥武の嶽大主、なです杜大主、そして、月しろの大主である。与論島にあったのかもしれない奥武嶽の大主、なです杜の大主、さらに沖永良部島の月しろ大主と、奄美群島の中で北部琉球の文化領域に属する島々の神が大主とされているのは、偶然ではないだろう。

月しろの大主、そしてげらへ御袖加那志・玉の御袖加那志のおもろ群に登場する奥武の嶽大主となです杜大主の、ごく僅かな用例から読み取れることはあまりにも少ない。しかし、首里の国王に直接影向する沖永良部島の聖域から上る月であり、月しろの大主である神、そして始原の首里城を造営した、と謡われる与論島と関わりがある神が大主の呼称を持つのは、おもろ世界の中で重要な神だからである。太陽神と用例数では比較にならないが、これらの神名には琉球王国から奄美群島に向けられる宗教的な眼差しが確かに存在している。

## 大みや（奄美大島）

奄美大島はおもろ世界では大みやと称される場合がある。大みやの大は大きい、広いを意味する語であり、みやは『おもろさうし』では神庭、すなわち祭祀空間の広場や大勢の人々が参集する広場を意味する。ここでは奄美大島が大みやと称される意味を考察してみたい。

まず、民俗語彙としては奄美群島にミャがある。『名瀬市誌』には加計呂麻島の例として、集落の中央あたりにミャと呼ばれる広場があり、この広場に祭りをする神屋アシャゲと祭りを司るノロの住むトネヤがある、と記されている。奄美の民俗行事の八月踊りの踊りはミャから始まり、集落の家々をまわり、踊りどめもミャでなされた。また、「ミャには普通、「宮」の字をあてている。しかし大島の用例からいえば、広場の意味で、むしろニャ（庭）に通ずる」という（名瀬市誌編纂委員会、一九六八、一三八〜一四一）。

この記述より、奄美群島のミャは祭祀空間であり、祭祀のための建造物が建っており、広場の意味が強い、ということがわかる。

末次智は先学が民俗語彙のミャー（庭）が本州のミヤ（宮）に通じ、聖地の意味があると指摘していることを紹介する（末次、二〇一二、一三四）。また、仲松弥秀は「古代、地上墓はミヤと称していたようである」と述べ、宮古の島々にミャーカと称する方形墓が各所に存在することや、瀬底島にミャートゥイという特定の血統の人々が拝する墓があることを述べる。さらに、沖縄にミャーと称されている古墳や御嶽が各地に見いだされることを指摘し、本土の神社の宮も、その起源は墓ではなかろうか、と述べる（仲松、一九七一、一六五〜一六六）。これらの指摘は、末次の述べる王城内の聖域、京の内庭はじめおもろ世界のみやにあてはまる場合がある。

前掲のように中城おもろの巻二‐五三には、奄美大島は大みやという呼称で登場する。これは巻十三‐八六七の勝連人の船遣れのおもろ、巻十三‐九三九の勝連の船遣れのおもろでも同様である。

そして巻十二‐七一〇には大みやと瀬戸内という詞句が混入している次のようなおもろがある。瀬戸内とは奄美大島と加計呂麻島の間の大島海峡付近を意味する。現在の鹿児島県大島郡瀬戸内町である。なお、このおもろの重複おもろが六三一・一四九一・一五一〇にあるが、混入部分はない。混入部分はカッコで表す。

巻十二‐七一〇
一精《せ》ん君《きみ》が　降《お》れ立《た》ち／君良《きみよ》しが　降《お》れ立《た》ち／百度拍子《もゝとひやし》／打《う》ち揚《あ》がる成《な》さい子《きよ》
又吾《あ》が成《な》さい子《きよ》　嘆《なげ》くな／精《せ》ん君《きみ》しゆ　知《し》りよわめ
［又大みや　百島《もゝしま》よ／瀬戸内《せんとうち》　八十島《そしま》よ］

〔精ん君神女、君良し神女が降臨して立ち、百度拍子というおもろ拍子で打ち揚がる父なるお方、わが父なるお方は嘆くな、精ん君こそ守り給うのだ〕〔奄美大島、多くの島々、瀬戸内、多くの島々〕

このおもろになぜ「又大みや　百島よ／瀬戸内　八十島よ」が混入したかは不明である。この混入部分は奄美大島や加計呂麻島、そしてその周辺に枝手久島、与路島、請島、江仁屋離島、須子茂離、夕離、ハンミャ島、木山島などの島々があり、奄美がまさに群島であることを示す。ただし、百島と八十島は島がたくさんあることを示す表現で、実際に奄美大島周辺の島嶼が百や八十を数えるわけではない。

大みやは奄美大島を指すほか、喜名《きなわ》大庭《みや》の用例が巻十四‐一〇四〇と巻十五‐一一二六にある。一〇四〇は喜名大庭は喜名門口《きなわぢやうぐち》と対語になり、一一二六は喜名大庭は喜名広庭《きなわひろみや》と対語になる。一一二六は次のようになっている。

巻十五‐一一二六
一喜名《きなわ》大庭《みや》に／喜名広庭《きなわひろみや》に／てだ清《きよ》ら　使《つか》い
又今日《けお》の良《世》かる日《ひ》に／又今日《けお》のきやかる日《ひ》に
（喜名の大きく広い庭に、てだ様を使いを出して迎える、今日の良き日、かかる日に）

このおもろからわかるように、中頭郡読谷村喜名の大きくて広い空間のみや（庭）が、大みやと称されるのである。一一二六の大みやは広場であり、そこにてだ清ら（てだ様、按司様）が使いを出して迎えられる。

喜名の大みやと同じ大みやと称されるのは奄美大島である。奄美大島はなぜ大みやと称されるのか、「みや」の用法から考察したい。

「みや」の百三十四例の用例は次のようになっている。なお便宜上、大みや、みや以外の「みや」には庭の字を宛て、ルビはふらない。

・綾《あや》庭＝三十二例
・真《ま》庭＝三十一例
・御《お》庭＝十三例（うみや・おみやつぢの各一例を含む）
・奇《く》せ庭＝十一例
・みや＝八例（あおりやへか庭二例、庭先《みやさき》二例、庭頂《みやつち》、庭頂《みやつちへ》を含む）
・大みや＝六例
・げらへ庭（げらゑ庭を含む）＝四例
・京《きや》の内《うち》庭＝三例

・広庭《ひろ》＝三例

・吾《あ》が成《な》さの庭＝二例

・東方《あかるい》の庭＝二例

・新垣《あらかき》の庭＝二例

・北谷《きたたん》の庭＝二例

・精高子《せだかこ》か庭＝二例

以下一例

・飽《あ》かず庭・大祖父《おきおふぢ》が庭・親《おや》庭・勝連《かつれん》の庭・我部祖河《かふすか》庭・ぐすくの庭・金《こがね》庭・島寄《しまよ》せる庭・首里《しより》の庭・天願《てくらん》の庭・苗代《なわしろ》の庭・世勝《まさ》りか庭・伊差川《ゑざしか》の庭

これらの用例から、庭は沖縄島のあちこちにあったこと、庭の美称辞として、綾、真、御、奇せ、大、げらへ、などがあることがわかる。

また、これらの庭の所在は不明の三例を除き、次のようになっている。

・首里城内＝三十例（首里城の聖域、京の内の用例を含む）

・仲地《なかち》（久米島具志川村）＝二十七例

・伊敷索《いしけなは》（久米島具志川村字嘉手苅の地内）＝十三例（伊敷索ぐすく内と思われる例を含む）

・新垣《あらかき》（久米島具志川村西銘）＝十一例
・越来《ごゑく》（中頭郡越来村）＝七例
・城間《ぐすくま》（浦添市城間）＝四例
・奄美大島＝四例
・北谷《きたたん》（中頭郡北谷町北谷）＝四例
・兼城《かねぐすく》（久米島兼城）＝四例
・勝連《かつれん》（中頭郡勝連町）＝四例
・天願《てくらん》（具志川市天願）＝三例
・喜名《きなわ》（中頭郡読谷山字喜納）＝三例
・喜屋武《きやむ》（具志川市喜屋武）＝二例
・具志川《ぐしかわ》ぐすく（久米島の具志川ぐすく）＝一例
・泊《とまり》（那覇港）＝二例
・玻名城《はなぐすく》（島尻郡具志頭村玻名城）＝二例

以下一例

・宇根《うね》（久米島仲里村宇根）・かいふた（与論島）・嘉数《かかず》（宜野湾市嘉数）・我部祖河《がぶすか》（名護市我部祖河）・堂《だう》（久米島堂村）・中城《なかぐすく》（中頭郡中城）・名護《なご》（名護市）・苗代《なわしろ》（島尻郡佐敷町）・伊差川《ゑざしか》（名護市伊差川）

これらの庭の所在地のうち、仲地の用例が多いのは、仲地おもろ一点に庭の用例が五例あったり、そのおもろが巻十一と巻二十一に重複記載されていたりするからである。

また、庭の用例には「げらへる（造る、造営す）」、「げらへ（美称辞）」という言葉がたびたび出現する。九七四はあけしの神女が「一聞《きこ》ゑあけしのが／上下《かみしも》　鳴響《とよ》む／庭《みや》　あしやげ　げらへて／又鳴響《とよ》むあけしのが（名高く鳴り轟くあけしのが国中に鳴り轟く庭、神祀る建物のあしやげを造営して）」と謡い、五六五と一四八四の重複おもろには「一新垣《あらかき》の杜《もり》に／たりるこの　みるやに　使《つか》い／又大祖父《おきおほぢ》ぎや杜《もり》に／又御庭《うみや》　げらへわちへ／又真庭《まみや》　げらへわちへ（新垣の杜、祖先からの杜にて、たりるこ〈他界のみるやの人〉をみるや〈海の彼方〉に使いに出して神を迎える、立派な庭を造営して）」と謡う。六二六と一四八七の重複おもろにも五六五と同様の詞句がある。そして一一一二には「城間《ぐすくま》の飽《あ》かず庭《みや》に　げらへ四隅家《よしみや》あしやげ　げらへ（城間の飽きない庭に、立派な長方形のあしやげを造営して）」とあり、一〇三四には「一喜屋武杜《きやむもり》大ころ／大ころが　げらへたる真庭《まみや》に／遊《あす》べ〳〵　やちよく／又喜屋武杜《きやむもり》の中杜《もり》／げらへたる真庭《まみや》に（喜屋武杜の長老が喜屋武杜の中杜に造営した真庭に遊べ遊べ、村頭の妻女）」とある。

一〇四一は「照《て》るしなの真庭《まみや》に／君《きみ》げらへ　手摩《てづ》て（照るしな〈太陽の照る〉の真庭に君げらへ神女を崇敬して）」と「尊敦真庭《そんとのまみや》に／主《ぬし》げらへ　手摩《てづ》て（〈琉球の最初の王の〉舜天王の真庭に主げらへ神女を崇敬して）」という詞句が対になっている。また五五九と一四一一の重複おもろには

「中地綾庭《ちあやみや》に　ゑんげらへ　有《あ》りる（仲地の美しい庭にゑんげらへ（建物名）がある）」と「中地奇《ちく》せ庭《みや》に　むかげらへ　有《あ》りる（仲地の美しい庭にむかげらへがある）」が対句になっており、一四〇九と一四四三にも同様の詞句がある。七八五には「伊敷索真庭《いしけなはまみや》に　けさげらへ　有《あ》る居《よ》る（伊敷索の真庭にけさげらへ〈昔造営された建物〉がある）」とある。

島村幸一は波の上ぐすくを造営する（波の上は　げらへて）、という詞句のある五二七について、「ここでは、「波の上」（「波上山権現」）の実際の造営を謡っているわけではなく、造営時の始原に遡って称えている。具体的には祭礼のために権現を清浄にした状態を造営の始原に遡って称えているのである」（島村、二〇一〇、七八）と述べる。この島村の指摘から、おもろ世界の庭も、始原に遡って称えられる場合があることがわかる。

また、五六五の大祖父ぎや杜は祖先の杜で、一〇四一の尊敦は源為朝の子とされる舜天王を指し、「むかげらへ」の「むか」は昔、「けさげらへ」の「けさ」も昔をさす。そして一四七八には「綾嶺《あやみね》に　在《あ》つる　大祖父《うきおほぢ》が　うゑけ（美しい嶺にある祖先の植えた木）」と「綾庭《あやみや》に　在《あ》つる　大《うき》祖母《はわ》が　うゑけ（美しい庭にある祖先の植えた木）」が対になっており、綾庭の木と祖先が関連付けられている。このことは、祖先の杜、琉球王統の始原王の時代、過去に造営された建物、祖先の植えた木などと庭が結び付く場合があることを示す。奄美大島が大みや（庭）と称される理由の一つは、琉球の始原や過去のイメージを奄美が持っているからかもしれない。

庭は首里城の京の内や杜に存在し、神霊を祀る場となっているほか、広場でもある庭には男性達が集まったり、建造物が建てられたりした。庭で何がなされていたかを、おもろからある程度は知ることができる。

まず、首里王城の庭だが、聞得大君が中心となる祭祀が行われる（五〇八）、精《せ》ん君《きみ》が中心となる祭祀が行われる（二一〇ほか）、庭に祭祀の時に立てる幟《のぼり》を煽らせ、首里大君が国王のための祭祀を行う（二〇六ほか）、庭に祭祀の時に立てる冷傘《りやんさん》を煽らせ、聞得大君が国王に嶋が命を奉る（六五四）、などの用例がある。また首里城の聖域の京の内の庭では国王が聖域を参詣する（五二〇）、大君や国王の御前で大勢の神遊びをする（六五九）、などの用例がある。

末次智は京の内庭での祭祀のあり方を詳細に分析し、久高島を望む京の内庭が太陽信仰と関係が深く、祭天儀礼が行われていたと想定できることを指摘する。さらには、王が京の内庭に参るおもろ（五二〇）で参詣する場所を「石垣で囲まれたイベの前の空間、つまりミヤと考えるべきであろう」と述べる。そして「聞得大君が今日降らす雨は、京の内庭に黄金降り満たして」と謡う一九は「祭祀の参加者達（王と他の神女達）がいると予想されるミヤに雨がたくさん降ることが予祝されている。そして、首里城の京の内庭に雨が降るということは、琉球国全体に雨が降ることだと認識されているはずである」と述べる。また、京の内庭に王も参加する祭祀において多くの人数が居並ぶことを謡うおもろ（六五九）の場は「石垣で囲まれたイベの中ではなく、前庭としての京の内庭だろう」と述べる（末次、二〇一二、一三五・一六〇〜一六二）。

また、末次は京の内が天上他界おぼつ・かぐらにあると幻視されているおもろ（一一一二）の存在を指摘する。高級神女が京の内を押し開け、突き開けて首里杜、真玉杜に降りる、という一連のおもろの存在を指摘し、「天上世界にもミヤ、つまり祭祀空間があると幻視されたのである。というより、目の前のイベとミヤが天上のそれとして幻視されたと考えるべきだろう」と述べる。つまり、京の内を押し開けた神女が国王を祝福するおもろ（七四三）は王権儀礼の君手摩りで神女が王に授けたことを意味するのである（末次、二〇一二、一六二～一六五）。

島村幸一は聞得大君が京の内を押し開けて首里杜に降りるおもろ（一一一）について、「神女達は［けおの内］から［首里杜］へ降臨する前に、想念上の世界［おぼつ］に赴き霊的力を更新して［けおの内］に戻ってくるのである。そして、［首里杜］へと降りて国王と「あまこ」・御顔を合わせる神遊びをして、霊力（セヂ）を付与する。想念上の世界である［おぼつ］に赴くとは、実際は［けおの内］等の聖地に籠もることを意味しよう」と述べる（島村、二〇一〇、三六三）。

京の内庭は、末次の前掲の指摘からわかるように石垣に囲まれたイベの前の空間であり、天上（おぼつ・かぐら）と幻視される場合もあった。また、島村も京の内をおぼつそのものと捉えている。京の内庭は可視の聖域であると同時に、強い聖性を帯びた空間である、ということがわかる。

おもろのみやの首里城以外の祭祀の用例は、▽久米島仲地の庭で天上のおぼつから降臨する神を迎えて祭祀を行う（五五九、六二五ほか）、▽久米島の伊敷索ぐすくの神女が按司を盛んにする祭祀をする（五九三ほか）、▽久米島の新垣の庭で神女が鼓を打ち揚げる（七〇二）、▽新垣の庭に神が降臨する（一三九四）、▽新垣の庭で神迎えをする（五六五）、▽越来の庭で世を揃える（一〇〇一）、▽越来の木の下で神女が踊る（七五）、▽城間の長老が庭で祭祀を行う（四八三）、▽北谷の庭で多くの鼓を神女が打ち鳴らす（六七七ほか）、▽玻名城の門口から庭に多くの冷傘を立て君達が祈る（一〇五〇）、▽喜屋武杜で村頭の妻女たちが遊びをする（一〇三四）、▽泊の庭で神女が船の穏やかな航海を祈願する（七九五）、▽苗代の庭で月しろを手を摩って祈願する（一二九二）、▽久米島堂村の庭で大親が神女を神遊びさせる（七〇〇）、などがある。

また、▽首里城の庭で国王、按司、下司が踊る（六九六）、▽首里城の京の内の庭で遊び群れ舞い太陽神が守護する（三七〇）、という例もある。

庭と建物の用例には、▽仲地の庭に建物がある（一四〇九ほか）、▽按司様のお考えにより貢物を積むせん寄せを庭の庭先に造営する（六三九ほか）、▽久米島伊敷索の庭に建物がある（七八五）、▽城間の庭に神を祀る建物（あしやげ）を造営する（一一一二）、などがある。

先に挙げた用例にも男性が登場するおもろがあるが、男性を庭でもてなす、兵士達が庭にいる、といった用例がある。▽城間の庭で首里の赤頭部を美しい柄杓でもてなす（一〇六三）、▽天願の庭に若てだを使いを出して招く（一一六五）、▽久米島具志川の庭の兵士達が立ったり座ったり待ったりしている（五六四ほか）、▽中城の庭に立派な按司がいる（一〇四五）、▽喜瀬の子が庭にいる、今日からしばしば会いたい（一一八一）などがそれである。

そして、▽久米島の兼城杜の名高い按司の庭に貢物を寄せよ（五八八ほか）、という例もある。

これらの用例からおもろ世界の庭では祭祀が行われる場合が多いことがわかる。その祭祀は神女が中心になる場合もあるが、男性達によってなされる場合もある（五五九）。あるいは、祭祀の庭に甕が据えられる場合もある（五五九、六二六ほか）。この場合、空の甕が祭祀のなされる庭に並んでいたとは考えにくい。甕の中身は酒で、五五九に「大祖父《うきおほぢ》が世やてや／百甕《もゝかめ》む　据《す》へまし（祖先の世であるから多くの甕を据えたのだろう）」とあるように酒の豊かな祖先の時代を偲び、祖先に捧げられた後は祭祀の参加者によって飲用に供された、と推定される。この甕が奄美群島の徳之島で焼成されたカムィヤキだった可能性は、かつて拙論で指摘した（福、二〇一〇）。

　以上のように奄美大島を意味するおもろ語の庭は、おもろ世界では祭祀を行う広場を意味する場合が多い。首里城のように大規模なぐすくは庭も広く、高級神女が中心となる祭祀には神女達と国王はじめ、大勢の人々が参集した、と推測する。また、地方の聖域やぐすくの庭の場合には祭祀の用例以外にも、兵士達が集まる広場、人物同士が出会う場、貢物が集まる場、という用例もある。そして、平らな庭に建物を造営する、という用例もある。このことは、建物を建てたり酒を満たした大量の甕を据えたりできる、財力のある人物に庭が属しており、その人物の支配地の中心に庭があったことを示唆する。

　おもろの庭の用例にもある首里城の聖域、京の内からは輸入貿易陶磁器が多数出土し、重要文化財に指定されているのはよく知られているが、金城亀信は『明実録』の天順三（一四五九）年の尚泰久王時代に倉庫が失火によって焼失した、という記事は京の内の倉庫をさすと判断される、と述べる。「倉庫跡から出土した多量の陶磁器の整理と他の遺構との関係から一四五九年に失火により焼失した倉庫」だ、というのである。

そして、金城は次のような指摘をする（金城、二〇〇一、七八）。

一四五九年焼失の倉庫跡から出土した多量の陶磁器は、京の内での祭祀や儀式に使用された祭祀遺物も含まれているのではないかと判断される。倉庫跡より出土した陶磁器などから往時の京の内での琉球王国の重要な祭祀や儀式を想像するとすれば、首里森御嶽か首里森御嶽の西側の小空間でキミテズリの神を迎えるために、青磁牡丹唐花文花瓶・青花松梅樹文双耳花瓶・青磁香炉・青銅製鼎型香炉が置かれた。香炉の前には青花八宝文大合子や青磁盤（大皿）、青磁小皿などに盛り付けられた供物が供えられ、倉庫に保管されたタイの大型褐釉陶器壺の中から「香花酒（ラオ・ロン）」を青磁大型壺（酒会壺）に汲み移したものを御嶽まで運び、祭祀や儀式が始まる前に「香花酒」の入った青磁大型壺から更に紅釉水注と青磁水注あるいは青磁や白磁の玉壺春瓶に汲み移して置き、祭祀や儀式が始まると紅釉水注や青磁水注あるいは青磁や白磁の瓶から琉球王国最高神女や高級神女等が青磁馬上杯と青花馬上杯に注ぎ入れて行われたのかもしれない。

金城は多量の陶磁器と共に鉄製の錠、鎧小札、兜鉢、ガラス小玉、青銅製香炉の把手、刀の鍔なども出土していることから、武具や武器である刀や鎧が祭祀で使われた可能性について言及し、聞得大君が鎧を身に着け刀を差す巻一‐五のおもろに言及する。

金城の指摘から首里城の京の内には倉庫があり、多量の輸入貿易陶磁器や土器製の蓋を持つコンテナとしてのタイ製陶磁器の壺にタイ産の香花酒（ラオ・ロン）が満ちていた、ということがわかる。首里城ほど大規模でなくとも沖縄島とその周辺の財力豊かな男性達は庭を祭祀空間として使用すると同時に、威信財である輸入貿易陶磁器や酒の倉庫を建てたり、貢物を集めたりしていたのではないか。

また、ほとんど言及されることはないが、神女祭祀を行うには相応の財力が必要である。首里城は琉球王国の富が集まる場所であり、高級神女祭祀が国王の財力の裏付けがあって存在するのは当然である。

また、村落祭祀の神女は成人女性であり、祭祀を行う間は当然、労働することはない。村落や島の神女が聖域に籠り、数日過ごす祭祀がかつて執行されていたことは、多くの報告書から明らかである。このことは、成人女性達が一定期間労働しなくても、村落社会が困窮しないことを意味する。やせた土地を耕すしか術がなく、飢饉になると餓死者を出し、村人達がこぞって村を捨てるようなかつての東北の寒村では神女祭祀など行うべくもない。

おもろ世界の高級神女は王族であり、労働の必要はないが、地方の按司、そして奄美群島のぐすくを拠点とする男性支配者のもとでも神女祭祀は行われていた。このことは、按司や男性支配者達に財力と余裕があったからである。また、神女祭祀で神女達は日本本土から購入してきた勾玉を中央に下げた首飾りをし、髪を結いあげて鳥の羽根の飾りほかを付け、扇を持つ、という装いを凝らしていた。女性達にそのような装いをさせることができる男性もまた、財力があったはずである。

琉球王国で最も富が集中する首里城の祭祀空間、京の内での祭祀の実像が前掲の金城の述べるようなものであるなら、王府神女祭祀はおぼつ・かぐらの神とつながる神女の神聖性で輝くと共に、威信財である高級陶磁器をふんだんに使用し、財力によって輝く、という側面があったと考える。その神女祭祀が国王を守護する霊力と財力の誇示であることは言うまでもない。おもろ世界の庭が祭祀空間であると同時に富の集積する場であることは大変興味深い。

このような庭のあり方が投影されて奄美大島は大みやと呼ばれたのではないか。おもろ語の庭は祭祀空間であり、財力のある人物の支配地の中心であり、前掲のように始原に遡って称えられる場合がある。そして琉球の始原や過去のイメージを持ち、本土の宮に通じるような聖性を帯びている場合もある。そのような庭に実際の大きさと美称を意味する「大」がつき奄美大島を意味している。

その理由は、奄美大島周辺が過去、財力ある人物の支配の中心地であり、富に溢れ、盛んな祭祀が行われていたからではないか。沖縄島に先行した鉄器の製作やカムィヤキの焼成、そして城久遺跡群の存在、という奄美群島の考古学的事実を知る時、奄美大島がおもろ世界で大みやと呼ばれることの意義は大きい、と考える。

# Ⅱ　奄美群島のおもろを中心に

## 奄美大島

奄美大島には後述の赤木名ぐすくや辺留ぐすくの他にも、龍郷町戸口には戸口ぐすくがある。戸口ぐすくはフーグスク（大城）という。『鹿児島県の地名』（平凡社地方資料センター編、一九九八、八八二～八八三）には、一九六九年の調査で「柱穴・空堀跡・堀切跡・青白磁片・南蛮陶磁片・カムィヤキ壺片・木片・籾殻・洪武通宝などが出土した。青磁の変遷から十二世紀に築かれ、十三世紀半ばに大火があったがすぐ回復し、十五世紀半ばに再度、大火で放棄されたと推定される。なお、六五〇メートル南東に松当《まつんと》城跡、八〇〇メートル南に古見《こみ》城跡、六五〇メートル南西に屋々《やや》勝《がち》城跡がある。（中略）輸入陶磁器も多く、施設も立派で、有力な領主の存在が想定される」とある。また、「下戸口のヒラキ山遺跡では七～八世紀頃の中国の青磁・白磁や類須恵器破片、十一〜十二世紀頃にかけての青磁・白磁の破片や琉球焼破片などが出土しており、中国または琉球との交流が想定される」とある。笠利町用安《ようあん》には湊城《にゃーとぐすく》跡があるが、笠利町宇宿《うしく》の「地名のウシクはグスク（城）の転訛とされ、近年グスクの遺構が明らかになりつつある」という（同書、八七五）。その宇宿にはマツノト遺跡があり、「第二層からは古式の兼久式土器や夜光貝の貝溜り、夜光貝製スプーンなどが大量に出土している。五世紀より九世紀代にかけての遺跡で、南島の古代の東シナ海周辺地域との文化交流を考える上で重要な史料を提示している」という（同書、八七六）。

旧名瀬市の東部にあった朝戸村にもグスク跡があり、旧名瀬市根瀬部《ねせぶ》にはグスクの跡とされる遺構がある。同じく有屋には有屋城《ありやぐすく》跡、浦上には浦上城《うらがみぐすく》跡、伊津部勝には伊津部勝城《いつぶがちぐすく》跡がある。大和村国直には国直城《くになおぐすく》跡（筆者注：地元ではグスコ）、宇検村湯湾には湯湾城《ゆわんぐすく》跡（筆者注：地元ではグスク）があった。そして加計呂麻島も含む瀬戸内町には西古見《にしこみ》に海城《うみぐすく》跡、諸鈍に諸鈍城《しょどんぐすく》跡などがある。これらのぐすくの存在は、奄美大島や加計呂麻島を拠点としていた勢力の存在を思わせる。

ここではまず奄美大島の地名が謡い込まれたおもろをあげる。

前掲のように巻一‐四には「おぎやか思いに／笠利　討ちちへ　みおやせ」という詞句のあるおもろがある。また、巻一‐四一のおもろの混入部分に加計呂麻島の俵掟が謡われている。同じく前掲のように喜界島から奄美大島を経て南下する航路を謡うおもろの巻十‐五五四と巻十三‐八六八にも辺留笠利と中瀬戸内が謡われている。

その他に赤木名を謡う次のようなおもろがある。

巻十三 - 九四六
一赤木名《あかぎな》ののろの／下《しも》の国《くに》かねと／吾《あん》 守《まぶ》て／此渡《と》 渡《わた》しよわれ
又根《ね》の島《しま》ののろの
〔赤木名ののろの、根の島ののろの、下〈奄美大島南部〉の国かねと、私を守護してこの渡を渡し給え〕

巻十三 - 九四七
一赤木名《あかぎな》の百神《もゝかみ》／親勢頭部《おやせどべ》 送《おこ》りよわ／親勢頭部《おやせどべ》 御前《まへ》／心切《うらき》れて
又根《ね》の島《しま》の八十《やそ》のろ
〔赤木名の大勢の神女達、根の島の大勢ののろ達は親勢頭部を送り給え、親勢頭部の御前に逢いたがって〕

九四六は前掲の沖縄島から島伝いに北上する航路を示すおもろの一点である。赤木名ののろと島の南の神女に航海守護を祈願している。そして九四七は赤木名の大勢の神女が琉球王国の親勢頭部を送り出すおもろである。親勢頭部は琉球王国の神女の職名である。このおもろの百神、八十のろは、大勢の神（のろの下位の神女）達、大勢ののろ達を意味しているのであり、実際に百人や八十人の神女達がいたわけではないだろう。しかし、大勢の神女達の存在を示唆するこの人数は重要である。

大勢の神女達がいたということは、その神女達を養えて、なおかつ盛大な祭祀を行う財力のある人物が赤木名ぐすくの主だったことを示すからである。前述のように、神女祭祀には財力の裏付けが必要である。明治期に沖縄に残存していた神女祭祀の詳細な記録を遺した鎌倉芳太郎の『沖縄文化の遺宝』には、神女達が白衣をつけ、頭髪を結い、大振りの勾玉を中央におく玉飾りを首に掛け、頭に鳥の羽根の飾りをつけ、大きな扇を持って祭祀に臨んでいたスケッチがある。日常生活とはかけ離れた祭祀における神女の装いは、財力があってこそ可能である（鎌倉、一九八二）。

赤木名には赤木名ぐすくがある。『史跡赤木名城跡　保存管理計画書』には次のように赤木名ぐすくについて記述されている（奄美市教育委員会、二〇一五年、一五～一七）。

日宋貿易が開始されるようになると、「キカイガシマ」と呼ばれた鹿児島南方海域を舞台として、硫黄交易、夜光貝交易が盛行したと考えられている。

特に十一世紀代には、九州の土師器・須恵器・滑石製石鍋・焼塩壺等、高麗の無釉陶器・青磁、宋の白磁・越州窯青磁等の搬入遺物が多数出土して特異な様相を呈する城久遺跡群（喜界町）、高麗無釉陶器に系譜を持つと考えられる類須恵器を商品生産するカムィヤキ古窯跡群

（伊仙町）等が確認されていて、これらの遺跡を出現させる動態が、沖縄のいわゆるグスク時代に継起すると考えられはじめている。史跡赤木名城跡の下層から確認されている遺跡は、当該時期に当たるものである。

中国が、宋、元、明と大国の滅亡と興隆を繰り返す激動の時代を迎えていた時期、十三世紀末頃から、沖縄本島に世界遺産登録されている大型城塞型グスク群が出現しはじめる。琉球国が成立する直前の三山時代には、山北・中山・山南の三按司たちがそれぞれ琉球国王として明に朝貢している。その後、一四二九年に琉球国が誕生する。史跡赤木名城跡の城郭としての最初の構築物は、おおむねこの頃に築造されたものであると考えられる。

また、同書は琉球の奄美大島統治の拠点は笠利に置かれていたと考えられていること、赤木名城跡は、奄美群島でも規模・構造が傑出した遺跡であることを述べる。そして発掘調査の出土遺物から、赤木名ぐすくは、①十一世紀後半～十二世紀前半の端緒的段階、②十四世紀後半～十五世紀代の展開段階、③十七世紀後半～十八世紀前半の後代利用段階と考えられる、という。①については「日宋貿易における南方物産交易は、史料にみえる「キカイガシマ」に関係するとも考えられている城久遺跡群（喜界町）の規模拡大に示されるように、当該段階の遺跡形成に関わる経済活動として注意される」とある。

おもろの時代に該当する②については、次のように記されている（同書、三五）。

②展開段階は、南北朝時代から室町時代にかけての時期であり、南北朝動乱、前期倭寇の台頭等に特徴づけられる時期である。また沖縄本島を中心に国家形成が急速に展開した時期でもある。特に三山時代から琉球国時代にかけての時期は、倭寇の活動が活発化する時期に重なり、その歴史的関係は判然とはしないが、南西諸島の島嶼地域においてもグスク・山城の中世城郭が形成されはじめるのである。赤木名城跡の中核となる構築物が形成される時期は、当該段階に当たる。

さらに、同書は赤木名ぐすくの日本からの影響を次のように述べる（同書、三一）。

中世並行期の奄美地域の歴史は、かならずしも明らかではないが、十五世紀には琉球と鬼界島は抗争があり、十五世紀末に日本勢力が大島への介入を続けており、奄美は琉球・日本双方の勢力との関係をもちつつ存在していた。赤木名城跡の低い地区には中世前期の段階でなんらかの施設がつくられたと考えられる。縄張りの特徴や歴史的背景を考慮すれば、頂上部まで達する大規模な城郭が築かれたのは、中世後期から近世初期のころと推定される。琉球では十四世紀ころから石垣造りの独自の城郭が発達するが、奄美大島ではその系統のものは見られず、赤木名城跡は日本からの影響が看取される。

これらの一連の記述から、赤木名ぐすくは日本の影響の強いぐすくであり、琉球の国家形成の時期に展開期を迎えていたことがわかる。九四六のおもろは沖縄島の那覇港から西海岸を島伝いに北上する航路の途中である。那覇港から出帆した船が笠利湾の西海岸を通る際、神女の祈る聖域を擁する赤木名ぐすくを望見し、航海安全を祈願したことがこのおもろに謡われている。

九四七は赤木名ぐすくの神女達が琉球王国の神女を送り出すおもろである。このおもろがいつ作られて謡われたかは不明だが、おもろからは赤木名ぐすくと琉球王国は神女の行き来があり、友好的な関係にあった、と考えられる。前掲のように赤木名ぐすくの成立の時期は琉球王国成立期の十五世紀前半である。その後、原おもろさうしの巻一（一五三一年）の「笠利を討って尚真王に奉れ」という詞句の時期があり、琉球王国から奄美大島へ軍が送られた（一五三七年・一五七一年）こともある。

史料には残らない抗争やせめぎ合いを経て、赤木名ぐすくの勢力は九四七のおもろの時代、琉球王国と友好関係にあった、と推測する。琉球王国に赤木名ぐすく側が従属していたのか、赤木名ぐすく側がそれなりの力を維持したまま友好関係を結んでいたかは、わからない。十七世紀初頭の薩摩の琉球侵攻までの間、赤木名ぐすくは琉球の航海従事者を守護する神女達のいる聖域として海上から仰がれ、ぐすくの神女達は琉球の官人神女を慕うことがあった、とおもろから読み取れる。

なお赤木名ぐすくは前掲の引用からわかるように琉球のぐすくのような石垣造りの独自の城郭を

持たない、日本の影響が強いぐすくである。ただし、沖縄の非石灰岩地域にも「土より成るグスク」が存在している。當眞嗣一は「いわゆる「土より成るグスク」について―沖縄本島北部のグスクを中心に―」で、アマグスク（国頭村字奥間）、パンギナグスクと小玉森（国頭村字比地）、喜如嘉グスク（大宜味村字喜如嘉）、津波グスク（大宜味村字津波）、仲尾次上グスク（名護市字仲尾次）を取り上げ、土より成るグスクのあり方を詳細に提示している。そして注釈で「いわゆる「土より成るグスク」は、とくに鹿児島県奄美群島、沖縄本島北部に多く分布するが、沖縄中・南部の非石灰岩地域にも分布が見られる」と述べる（當眞、一九九七、一七）。

後述するように、奄美群島の南の島々には石垣造りのぐすくが存在している。それは琉球型のぐすくの影響であろう。それと同時に、ぐすくの立地が石灰岩地域か非石灰岩地域かで石垣造りか土より成るぐすくかに分かれる場合もある。日本の影響を受けたぐすくと琉球的なぐすくの混在の理由をその立地ととるか、それぞれのぐすくの主の出自ゆえととるか、解明しなければならない問題はあまりにも大きく筆者の思考は及ばない。

また奄美大島の中心地である名瀬と奄美市名瀬の有屋、そして奄美市名瀬の伊津部の地名を謡い込んだおもろもある。

巻十三 - 九四九
一 名瀬《なせ》の祭神《まつりかみ》／有屋《あるや》奇《く》せ宣《せ》り子《きよ》／瀬名波《せなは》掟《おきて》／追手《おゑちへ》　乞《こ》うて　走《は》りやせ

又伊津部《いつぶ》祭神《まつりかみ》／又名瀬《なせ》の浦《うら》の八里《さと》／有屋奇せ《あるやくせ》宣り子《きよ》
又名瀬《なせ》の浦《うら》の十里《さと》／有屋奇せ《あるやくせ》宣り子《きよ》
〔名瀬の祭神、有屋の奇しき言葉を宣るお方、瀬名波掟《の》、追手の風を乞うて（船を）走らせよ、
伊津部の祭神、名瀬の浦の八里・十里（多くの集落）、有屋の奇しき言葉を宣るお方〕

このおもろには奄美大島の名瀬と有屋と伊津部の地名を冠した神女が謡い込まれている。祭神とは、祭祀を行う神（のろより下位の神女）であり、有屋奇せ宣り子は祭祀の際に霊力のある言葉を唱える神女である。名瀬の多くの集落（十里・八里）から神女が出て船の航行のための順風を乞う祭祀が行われたことがこのおもろからわかる。

前述のように旧名瀬市有屋には有屋城跡があり、「主曲輪からは大熊港を正面に北側が広く見渡せる」という（平凡社地方資料センター編、一九九八、九四四）。また伊津部は有屋に近く、名瀬の入江に臨む。

おもろの中に名瀬の祭神、有屋奇せ宣り子、伊津部祭神が謡われているのは、有屋にぐすくがあったことと無関係ではないだろう。前述のように神女祭祀はぐすくの主の財力の裏付けがあってこそ可能である。また、奄美大島の西海岸の大熊港を見下ろす有屋ぐすくと入江に臨む伊津部は、天然の要衝の地でもある。そのため、名瀬、そして有屋と伊津部の地名を冠した神女達が登場したのではないか。

岩波文庫版は、このおもろの瀬名波掟を瀬名波掟神女としている。前述のように、掟の用例の中には神女を示しているものがある。しかし、このおもろは神女が順風を乞うおもろであり、その船に乗る人物として沖縄島の読谷村瀬名波の掟を想定することは可能である。瀬名波掟は前掲のおもろのように八一四に三例の用例がある。なお、掟は村役人である。

赤木名ぐすくの神女が琉球王国の官人神女を送る、というおもろの存在を知る時、名瀬の有屋ぐすくや伊津部の神女達が瀬名波掟の船の順調な航海のため順風を乞う祭祀を行う、ということも十分に考えられる。それはまた、時代は定かではないが、有屋ぐすくの主が琉球の瀬名波の勢力と良好な関係を結んでいたことを示唆する。

また、おもろの配列から池宮正治が奄美おもろと考えたのが九四八と九五〇である。その二点を次に取り上げる。まず、九四八は次のようになっている。

巻十三 - 九四八
一聞《きこ》ゑ西杜《にしもり》に／世誇《ほこ》りは　げらへて／御宣《みぢへ》り子《きよ》す／煽《あお》りやゑて　走《は》りやせ
又鳴響《とよ》む中杜《なかもり》に／棚清《たなきよ》らは　押《お》し浮《う》けて
又つる思《も》いのこらが／親御船《おやおうね》は　押《お》し浮《う》けて
又今日《けお》の良《世》かる日《ひ》に／親御船《おやおうね》は　押《お》し浮《う》けて
又今日《けお》のきや〳〵る日《ひ》に／親御船《おやおうね》は　押《お》し浮《う》けて

又按司襲《あぢおそ》いぎや　御為《おため》す／板清《いたきよ》らは　押《お》し浮《う》けて
又貴《たゝ》み子《きよ》が　御為《おため》す／棚清《たなきよ》らは　押《お》し浮《う》けて
〔名高い西杜に、世誇り（船名）を造営して、御宣り子こそ（帆を）煽らせて走らせよ、鳴り轟く中杜に、棚清ら（船）を押し浮けて、つる思いの男達が、親御船を押し浮けて、今日の良き日に親御船を押し浮けて、今日のかかる日に親御船を押し浮けて、按司様が御為にこそ、板清ら（船）を押し浮けて、貴い方が御為にこそ、棚清ら（船）を押し浮けて〕

このおもろでは西杜と中杜が対句になっている。おもろ世界の他の西杜は巻十五‐一〇八四に浦襲（浦添）の親のろが降臨する杜として謡われ、対語は蒲葵杜《こばもり》となっている。西杜の親のろの用例は巻三‐九一、九九、巻六‐三三三にもあり、聞得大君を補佐する三人の高級神女の一人、儀保殿内の神女を意味する。また、中杜は久米島具志川村の嘉手川《かでかわ》の中杜の二例（巻十一‐六一〇と巻二十一‐一四八六との重複おもろ）と具志川市の喜屋武《きやむ》杜の中杜（巻十四‐一〇三四）の用例がある。西杜、中杜とも僅かの用例だが、おもろ世界のあちこちに用例がある。

このおもろには按司襲いとその対語の貴み子が登場する。按司襲いは国王の呼称となることが多い。そして貴み子は国王のほか按司や貴人（勝連の貴人、山城の貴人）を意味する。御宣り子と称する神女はおもろ世界には次のような場所に登場する。

・王府の神女＝四例。真壁殿内の真壁のろ（九一・七一二）・首里平良ののろ（九一）・王府の神女か（八〇五）
・泊の神女＝四例。七九五（二例）・七九八（二例）
・久米島具志川の神女か＝四例。七六七・七六八・七六九・七七〇
・玉城雲子杜の神女＝二例。一二三六・一二六六
・島尻郡佐敷町手登根の平田の神女＝二例。一〇一九（二例）
・国頭郡国頭村辺戸の神女＝一例。九七一
・不明＝五例。八七九（二例）・九三四（二例）・九四八

このように、御宣り子神女はおもろ世界のあちこちに存在している。これらのことから、奄美大島の西杜や中杜で御宣り子神女が祭祀をしてもおかしくはない。また、九四八の「按司襲《あぢおそ》いぎや御為《おため》す」や「貴《た》み子《きよ》が　御為《おため》す」の御為はおもろ世界ではほかに巻十三‐八五九の沖永良部島のおもろにのみ登場し、永良部に立つ長老達が「思《おも》ひ子《ぐわ》の　御為《ため》」に大ぐすくを造営する、となっている。御為の用例は三例しかなく、そのあり方から導き出せる知見はあまりにも少ないが、沖永良部島のおもろに用例があることは、九四八を奄美大島のおもろとする傍証程度にはなろう。

また、世誇りは三五一（大君が造営する王城内の世誇り殿）、九四八（船名）、一一一六（中頭郡読谷村の泰期のましませ建物）、一三四一（糸満市山城の内の山内の建物）を意味する。世誇りの

用例は少ないが、おもろ世界のあちこちに存在している。ただし、世誇りが船名を意味する用例は九四八以外ない。

このおもろを奄美のおもろと想定する際、最大の問題は按司襲いである。奄美大島にはたして按司襲いが存在したのか、ということである。勿論、奄美大島には数々のぐすくが存在しており、伝承の世界ではぐすくの主は按司と呼ばれる。『おもろさうし』の国王以外の按司襲いとしては、一〇三九（読谷山）、五八〇・一四五三ほか（久米島具志川）などがある。地方の按司もおもろ世界では按司襲いと呼ばれることがある。しかし、前掲のように奄美大島のぐすくは「琉球では十四世紀ころから石垣造りの独自の城郭が発達するが、奄美大島ではその系統のものは見られず、赤木名城跡は日本からの影響が看取される」（奄美市教育委員会、二〇一五年、三一）のであり、ぐすくの主もまた琉球出自の人物とは言いにくい。従って、奄美に琉球的な意味での按司襲いがいたとは考えにくく、九四八は王府か久米島の航海おもろと考えるべきではないか。

後述するように、沖永良部島には北山王の子とされる永良部世の主の伝承がある。沖縄島に近い沖永良部島と、沖縄島から遠い奄美大島は、その立地によって支配者も琉球寄り、あるいは本土寄りと立場を異にしていた、と考える。奄美群島が琉球王国の支配下に入っていた歴史的事実と奄美群島おもろが作られ、謡われていた時代の齟齬は措くとしても、九四八は奄美大島のおもろとは言えない、と筆者は考える。

また、池宮正治は九五〇も奄美おもろとみなしている。九五〇は次のようになっている。

巻十三 - 九五〇

一そよめきぎや　もちよる／神《かみ》にしやが　もちよる／で　吾《わん》　しくたんか
又真南風《まはへかぜ》　吹《ふ》き居《よ》れば／追手風《おゑちへかぜ》　吹《ふ》き居《よ》れば
又おわん嶽《たけ》　ぬき当《や》て丶／てらち嶽《たけ》　ぬき当《や》て丶
〔そよめき神女、神女様が霊力を輝かせる、さあ、私はしっかり漕ごう、南風が、船の追手となる風が吹いているから、おわん嶽、てらち嶽を目当てにして〕

このおもろの「しくたんか」は未詳語であるが、『おもろさうし辞典・総索引　第二版』には「未詳語。いざ漕ごうの意か」とある。船にとって順風である南風を受け、航海の目当てとなる嶽山のおわん嶽、てらち嶽の見え方を確認しながら漕ごう、というのがこのおもろの趣旨である。

このおもろに登場するそよめきは、ほかにあまみやそよめき・しねりやそよめき（あまみや、しねりやは美称辞）として久米島の中城のおもろ（六三四と一四七二の重複おもろ）に登場するほか、馬の名前の雪《ゆき》のそよめきとして久米島具志川のおもろに登場する。そよめきの呼称は久米島おもろ群に登場する場合が多い、と言うことができる。

九五〇のおもろは前掲の九四九の奄美大島の名瀬と伊津部のおもろと九五一の伊平屋大屋子のおもろ、「一伊平屋大屋子《いゑややこ》が／見《み》つけたる　小離《はな》れかち／くれ手《て》　走《は》り居《よ》れば／精《せ》ん君《きみ》しよ／帆笠《ほがさ》

襲《おそ》て　守《まぶ》れ／又離《はな》れ大屋子《やこ》が（伊平屋島、離れ島の大屋子が見つけた小離れの方向に雨模様が走っているので、精ん君こそ帆笠を保護し守れ）」の間にある。奄美大島から伊平屋島の間にはほかにも島があり、この配列から九五〇が奄美おもろである、とは言えない。またそよめきは、九五〇以外は久米島おもろに出現する神女、または馬の名称である。

ただ、このおもろは船の出発に際し、神女が霊力を輝かせておそらく航海安全祈願をして、男達が船を漕ぎ出し、順風を受けて嶽山を目当てに航海する、というおもろ時代に南西諸島のあちこちで見られたはずの情景を謡っている。おわん嶽とてらち嶽の場所が未詳なので奄美おもろとは断定できないが、このおもろが奄美おもろの可能性はある。

以上が奄美大島を謡った、あるいは謡ったとされるおもろである。用例は少ないが、それぞれに奄美大島のかつての賑わいや神女祭祀のあり方、そして奄美大島と沖縄島の関わりを伝えている。

## 奄美大島の周辺離島

前掲のように九三八では「勝連が　船遣れ／請　与路は　橋　しやり」と謡われていた。奄美群島の支配権を欲した勝連のましふりという人物が船を派遣し、請島と与路島を橋にして、というおもろである。

この詞句からわかるように、請島と与路島は近い。その請島のおもろに次のようなものがある。

巻十四 - 九九〇
一請《うけ》の鳥《とり》の　謡《うた》い／又離《はな》れ鳥《とり》の　謡《うた》い
〔請島の鳥の、うたい、離れ島の鳥の、うたい〕

このおもろは奄美大島の南の島、加計呂麻島のさらに南の請島の鳥がうたう、という情景を謡っている。「うたい」はおもろではこの用例のみである。

おもろ世界の「とり」の用例は、次のようになっている。

・霊鳥の鷲（不可知の世界を知る、支配権の象徴）＝七例
二六九（四例、鳥〈三例〉・見揚《みや》がの鳥）・一三二三（金《かね》鳥）・一三六二（金《かね》鳥・鳥）
・船を飛ぶ鳥に譬える、船を鳥と競争して走らせよ、と謡う＝六例
五五〇（二例、鳥）・八八五（鳥）・九〇一（鳥）・九一九（鳥）・九四三（鳥）
・描かれた鳥（高級神女の紅型衣裳、絵）＝三例
六八八（金《こかね》鳥・玉《たま》の鳥）・九七二（描《ゑか》き鳥）
・夕方、「あ、くいな」と鳴いて飛ぶ嘴の長い鳥＝二例
七三一＝あくれなの鳥・口長《くちなか》の鳥
・日の出に鳴く鶏＝二例
八二〇と一五四三の重複おもろ＝日《ふゑ》の鳥
・請島の鳥＝二例
九九〇（請の鳥・離れ鳥）
以下一例
・明け方の太陽のきらびやかに美しい様子を鳳凰の舞に譬える（八二五、へにの鳥）
・東方のてだが穴の下の桑の木の下で鳴く鳥（九九一、鳥）
・兄弟《ゑけり》が首里に行くとき、姉妹《おなり》が守護するために化身する鳥（九九三、御《お》鳥）
・田の上を舞う鳥（一〇四四、鳥）

以上がおもろ世界の鳥である。霊鳥であり、中天を飛んで航海守護をする、あるいは世界の支配権の象徴である鷲が、鳥、見揚がの鳥、金鳥としておもろに謡われる。そして次に用例が多いのが船と飛ぶ鳥を関連付けて謡う用例である。島村幸一は船出する船を卵から孵《かえ》って羽ばたく隼と表現するおもろについて、「鳥の中でも猛禽類が船と重ねられるのは、猛禽類は霊鳥でもあり、これの勢いよく飛翔、滑空する姿が、船の理想的な航行と重なるからである」と述べる（島村、二〇一二、七五）。

その他の鳥の用例は、描かれた鳥や鳳凰や兄弟を霊的に守護する姉妹神《おなりがみ》などの霊鳥のほか、実際の鳥（日の鳥・あくれなの鳥・口長の鳥・田の上を舞う鳥）の用例がある。請島の鳥は、実際に請島にいた鳥であろう。

鳥が鳴くことに関する用例には、鳴き声が呼称となっているあくれなの鳥のほか、九九一の「一東方《あがるい》の真下《ました》に／桑木下《くわげもと》　吹《ふ》く鳥《とり》／吾《あ》が思《おも》ひが／声《こゑ》　鳴《な》り出《い》ぢゑて／聞《き》け〳〵　肝《きも》人／肝《きも》人す　聞《き》き取《と》れ／又てだが穴《あな》の真下《ました》に（東方のてだが穴の真下に、桑の木の下に鳴く鳥、わが思いが声になって鳴り出ているのだ、聞け聞け心ある人、心ある人こそ聞き取れ）」の吹く鳥が、鳴く鳥を意味する。九九一は難解だが、日の出の方角である東方に太陽信仰に関わる聖樹の桑の木があり、その木の下の鳥の鳴き声が人、あるいは神の意志を示すことを謡っている。なお、おもろ世界には「吹く」は九九一のみだが、「吹けば」は五一〇・八九二・一二二七・一二二八・一二五七・一二五八・

一四〇四・一四四一に各二例、計十六例ある。その意味は「風が吹けば」であり、鳥が鳴くことは意味しない。

以上のように請島・離れ島の用例は離れ島である請島の実在の鳥の鳴き声を聞いた一瞬の情景を謡ったもの、と考えられる。

なお離れ島の「離れ」の用例は、おもろ世界では次のようになっている。

・琉球国王の統治する国土の沖縄島からみた離島（地《ぢ》離れ）＝七例

二三一・二八〇・二八一・二八三・四九三・五二七・六五五

・沖永良部島＝六例

八六〇（離れ孫八《まこはつ》）・九三七（離れせりよさ）・九四一（離れやむま嶽《たけ》）、八六一・九三五・九

三六（離れ世《よ》の主《ぬし》）

・伊江《いえ》島＝二例

八一六（離れはたころ）・一二一八（離れ東江《あがるい》）

・伊是名島＝二例

九一九・一二一四（離れ親《おや》のろ）

・津堅《つけん》島＝二例

一〇一〇（離れ伊《ゑ》波《は》ぐすく・離れせやぐすく）

・久米島＝二例
七八二（離れたうやま）・七八四（離れ若清《わかきよ》ら）

以下一例
・水納《みんな》島（九一四、小《こ》離れ）・与論島（九三一、離れこいしの）・伊平屋島（九五一、離れ大屋《おほや》子）・野甫《のほ》島（九五一、小《こ》離れ）・請島（九九〇、離れとり）・伊計島（一一三一、伊計《いけ》離れ）・伊平屋島と伊是名島（一二一七、伊平屋《ゑひや》の二離れ）

このようにおもろ世界では琉球国王の統治する国土の沖縄島の周辺離島を意味する「地離れ」の用例が最も多く、沖永良部島がそれに次いでいる。また、やや特殊な用例として「伊平屋の二離れ」がある。

なお「離れ」という場合、中心になるべき大きな島があって、離島がある、と考えるのが自然である。「地離れ」は沖縄島を中心とした離島である。そして、伊平屋島、伊是名島、伊江島、津堅島、伊計島は沖縄島の周辺離島である。野甫島は伊平屋島に近い小島であり、野甫島を示す小離れは伊平屋島の離れ島を意味しているのかもしれない。また水納島は瀬底島の沖の島なので、小離れは瀬底島の離れ島なのかもしれない。

それでは、用例が多い沖永良部島、そして与論島と請島はどの島に対して離島と見なされていたのか、ということが問題になる。まず請島だが、請島は加計呂麻島の近くにあるので、加計呂麻島の離れ島、あるいは加計呂麻島と大島海峡を挟んで向かい合う奄美大島の離れ島と言っていい。

沖永良部島と与論島の二島は沖縄島に近く、奄美群島の北の島々（奄美大島、加計呂麻島、喜界島、徳之島など）とはやや異なる沖縄的な民俗を持っていることは、現在よく知られている。それに与論島は沖縄島の北端から望見できる。与論島が沖縄島にとっての「離れ」であることは理解できる。一方、沖永良部島は与論島より北に位置する。その島がどこから見て「離れ」なのか、というのはおもろを作り、謡った人々の認識に関わることである。

沖永良部島はかつて沖縄島の北山王の子が世《よ》の主《ぬし》として支配していた、という伝承があり、世之主の墓が現存する。この世之主は北山王怕尼芝《はにし》の二男の真松千代《まちじょ》とされている（知名町誌編纂委員会、一九八二、一九〇〜一九一）。世の主とは琉球国王の自称でもあり、国王が島津氏関係に出した書状に「金丸世主」、「琉球国世主」、「世主」などがあり、足利将軍が十五世紀から十六世紀に琉球国王に対して出した書状の宛先が「りうきう国のよのぬしへ」となっている場合もある（福、二〇一三、一二〜一四）。

『知名町誌』には沖縄の地名と沖永良部の地名によく似たところとして「沖縄にも、玉城《たまぐしく》・大《ふう》城《ぐしく》・内城《うちぐしく》・上城《ういぐしく》・下城《しむぐしく》・花城《はなぐしく》など城のつくところ」があることを指摘する。また瀬利覚（勢理客）・久志検（具志堅）・赤嶺（赤嶺）・与那原（与那原）など同名の地名があることも指摘している（カッコ内の地名は沖縄の地名）。そして同町誌には、北山の今帰仁ぐすくのあった今帰仁村と沖永良部の言葉の中に相似したものがあることを指摘している（知名町誌編纂委員会、一九八二、一九七)。

沖永良部島の伝承の歴史の中で北山王の子が永良部世之主とされていることや、前述のように沖永良部島のきくやなき嶽の月しろ神が首里の国王のもとに影向する、とおもろで謡われることは、沖永良部島と沖縄島、しかも沖縄島北部が深い関係にあったことを示唆する。

また「離れ孫八」のおもろ(八六〇)で孫八が崇敬する神は「玉のきやく」であり、この神は沖縄島の国頭村奥のお嶽の神である。沖永良部島の有力者が沖縄島北部の聖域の神を崇敬する、ということは、沖永良部島と沖縄島の心情的な近さと結びつきを意味する。そのような沖永良部島を琉球は離れ島と認識しており、そのためおもろで沖永良部島は「離れ」と称された、と考える。

また、請島の近くの与路島を謡ったおもろもある。

巻十三 - 九四五
一与路渡《よろと》 出《い》ぢへて 走《は》り居《よ》れば/たかまるは 崇《たか》べて/吾《あん》 守《まぶ》て
此渡《と》 渡《わた》しよわれ
又此渡《と》 出《い》ぢへて 走《は》り居《よ》れば/けなち嶽《たけ》 崇《たか》べて
〔与路島の沖の海に出て走っているから、たかまる嶽、けなち嶽を崇敬して、私を守ってこの海を渡し給え〕

前述のように九四五は与路島の沖の航海上の難所を越えるためにたかまる、そして、けなち嶽の神に祈願するのがこのおもろである。与路島にはうぶつ山（神山、おぼつ山）があり、大勝川の水源でもある。かつては立ち入りを禁止され、木の伐採も禁じられていた、という（石原、二〇〇六、二三〇）。この神山を海上から仰ぎ、嶽の神に航海安全を祈願した、ということは十分に考えられる。なお、このおもろのけなち嶽は、喜界島南端の花良地《けらち》嶽である、という説があることが岩波文庫版の脚注に記されている。

以上が奄美大島の周辺の島々を謡ったおもろである。用例は少ないが、それぞれに独自の存在感を今に伝えている。

## 徳之島

徳之島はおもろ世界では「金《かね》の島」と称されることがある。前掲の喜界島から奄美大島を経て島伝いに南下する航路を謡った神迎えのおもろには金の島の用例がある。島村幸一は金の島は一定の地域や場所をいう〈シマ〉の美称語である、と指摘した上で、五五四の場合は単独ででる用例である、と述べる。加えて「北からの順番でいえば徳之島ということになるが、この語が徳之島を指すのであれば、徳之島との対語としてでるはずである。本歌がこれを徳之島との対語表現で謡わずに、「金の島」と謡っていることはむしろ本歌の性格を考える上で大事なことだと思われる。神の道行きを謡う本歌は、実体としての地名を必ずしも謡うのではなく、地名を美称語や神語、聖名で表現すると理解した方がよいのではないか」と述べる（島村、二〇一四、九七〜九八）。この指摘から「金の島」とは徳之島の美称語であり、聖名であることがわかる。

徳之島では十一世紀から十四世紀頃までカムィヤキという陶器が焼成されていた。カムィヤキの焼き上がりの雰囲気は朝鮮半島の無釉陶器に類似し、器の種類は壺、甕、鉢、碗、水注だが壺が圧倒的に多い、という（新里、二〇〇七、一三二）。

新里亮人はカムィヤキについて次のように述べる（同書、一四二〜一四三）。

カムィヤキはトカラ列島から先島諸島の地域を主な流通範囲とし、徳之島における窯業生産のはじまりは琉球列島一円を市場に睨んだ当時の先端事業であったと考えられる。

カムィヤキは、器の種類が日本の中世須恵器と類似し、技術系譜は朝鮮半島に求められ、中国産陶磁器を模した碗が存在するなど、東アジアにおける食器文化を複合的に取り入れた「南島の中世須恵器」である。琉球列島における遺跡からは九州産の滑石製石鍋、中国産陶磁器とともに発見される例が多く、九州を介した経済関係によって流通していたと考えられる。カムィヤキ古窯群は日本列島の南縁における経済動向を追求する上で非常に重要な遺跡である。

この新里の一連の指摘から、カムィヤキが流通していたのがトカラ列島から先島諸島であること、カムィヤキを焼成していた期間が十一世紀から十四世紀頃だったことがわかる。この時期は八世紀後半から十五世紀にかけて稼働していた城久遺跡群の最盛期（十一世紀後半から十二世紀）にも重なる。この時期の城久遺跡群の出土遺物は、国産容器類の大量出土、滑石製石鍋の大量出土、高級船載容器類の大量出土に特徴づけられ、類須恵器以外はほとんど搬入遺物で占められる、と高梨修は指摘する（高梨、二〇一四、七四）。喜界島の城久遺跡群を営んでいた人々とカムィヤキの焼成と流通に関わった人々に交渉があった、ということは当然考えられる。

琉球王国成立前夜、「森林と水に恵まれ、石灰岩台地と花崗岩台地が卓越する」（新里、二〇〇

七、一三三）徳之島で鉄分を多く含んだ花崗岩風化土を陶土にカムィヤキが焼成された。硬質なカムィヤキを焼成するための陶土と燃料となる木々と水に恵まれた徳之島から搬出されたカムィヤキは、後の琉球王国の版図に重なる琉球列島に流通した。このことは、琉球王国の国としての成り立ちを考察する際の、一つの重要な論点となる。すなわち、琉球王国は農業国家ではなく商業国家であり、商売や交易のための拠点としての港湾を持つ港湾都市がまず成立した、と考える。

徳之島について、『鹿児島県の地名』には次のように記す（平凡社地方資料センター編、一九九八、八五二）。

嘉元四年（一三〇六）四月十四日の千竈時家譲状（千竈文書）に「とくのしま」とみえ、得宗北条氏被官の時家が当島を「女子ひめくま」に譲っているが、一期ののちは嫡子の六郎貞泰の知行と定められている。アジ（按司）の拠点とされる伝承をもつグスク跡には天城町の大《ふー》城・大和《やまと》城・玉《たま》城・伊仙町の恩納《うんのー》城、徳之島町の宮《みや》城などがあり、うち玉城は十二―十四世紀に使用されたグスクと推定されている。

このように徳之島には在地勢力の拠点としてのぐすくが古くから存在していたのである。徳之島のぐすくとしては、徳之島町花徳《けど》村に宮城《みやぐすく》跡があり、「規模は小さいが、湊に出入りする船の管理に適していた」という（同書、九一四）。天城町天城には玉城《たまぐすく》跡があり、「多量のカムィヤキ陶片、青白磁片、滑石混入の土器片が出ている。カムィヤキ片は十二世紀から十四世紀、青白磁片は十三世紀以降、土器片は十二世紀から十四世紀とされ、当城はおもに十二世紀から十四世紀に使用されたと推定されている。女性の城主といい、湊を見下ろす立地といい、城主は交易・航海にかかわる面の強い者と思われる」という（同書、九一八）。天城町天城には大和城《やまとぐすく》跡があり、玉城との関連も語られる。また天城町松原には大城《ふうぐすく》跡がある。

伊仙町阿権《あぐん》にはウードゥとよばれるぐすく跡があり、ターミズグスクという森がある。伊仙町木《き》之香《のこ》にはアマングスク（天城）という城跡がある。伊仙町犬田布《いぬたぶ》にはミョウガングスク跡があり、伊仙町八重竿《やえぞう》の宿森《やどむり》はグスクが置かれた聖地とされる。伊仙町面縄《おもなわ》には恩納城《うんのーぐすく》跡、伊仙町中山には中山城《ねーまぐすく》跡がある。

このようにぐすくが多数あり、カムィヤキを焼成していた徳之島をおもろはいかに謡っているのかを検討していきたい。前掲のように喜界島から奄美大島、そして島伝いに南下して沖縄島の那覇港に至る神迎えのおもろに、徳之島は金《かね》の島として登場している。また、九三八には勝連のましふりという人物のおもろで、与路島と請島を橋にして「徳　永良部／頼り成ちへ　みおやせ」とあることは既に述べた。

金の島については、『おもろさうし』に次のような用例が十一例ある。

・久米島＝九六（二例）・六二五・九五五・九六九・一四八三

・徳之島＝五五四（二例）と八六八（二例）の重複おもろ
・太陽の上がる方向、あるいは首里＝二七九

二七九には名高く鳴り轟く国王が「おもかは（陽の上がる方、東方、太陽の異称）」・「金の島」・「首里杜」・「真玉杜」に居給いて、とある。岩波文庫版の金の島の脚注には「主として久米島の美称として使われるが、ここでは首里の美称」とある。太陽の上る金色に輝く地として首里城の聖域が描写された可能性は十分ある。

そのほかにも久米島と徳之島が金の島と称される理由がある、と考える。久米島は沖縄島の西にあり、中国の福建省に行くために那覇港から出航した船が必ず沖合を通過する航海上の拠点の島である。それと同時に、久米島が「時には宮古八重山への中継地」であり、「王権にとって外界との要となる境界的な地域」だったことを島村幸一は指摘する（島村、二〇一〇、一五五・一七五）。それに加えて久米島はおもろ世界において特殊な位置付けがされており、一種の神話性を帯びている、と拙著で指摘した。また、久米島は三山時代の琉球の西の聖地とされていたのではないか、とも述べた（福、二〇一〇、五七〜五八）。

琉球王国の正史には第一尚氏が統一国家を構築する以前、沖縄島には三つの勢力が分立していた、とある。そして北山、中山、南山は抗争を繰り返した末、中山王が琉球を統一した、とされる。この三山時代が虚構なのではないか、ということは先学が指摘し、共著でも言及した（大林、

一九八四・吉成・福、二〇〇六、二一八〜二三八)。

中山を中心とする琉球の三山に西の久米島と東の久高島を加えると、東西南北に山、あるいは島があり中央に王都がある、という東アジアに普遍的な理想の都像になる。なお、三山の山だが、中国では島が山と記されることがある。伊是名島と伊平屋島は中国の文献では葉壁山と記されている。宮古島も太平山、あるいは麻古山と琉球の文献に記されている。山とも呼ばれる島を東西に、そして実際の方位通りの北山と南山の中央が中山であり、卓越した王が中山にいて琉球を支配する、という構図を描くことは可能である。

拙著で言及した東アジアの理想の都をごく簡略化して記すと次のようになる。

・中国古代には四鎮四嶽の都城鎮護思想がある
・『万葉集』の藤原宮御井の歌＝藤原宮の四囲は美しい山々で中央に豊かな湧水がある
・新羅では四囲の山と中央の山の五岳祭祀がなされた

この四囲の山と中央の都、あるいは中央の霊山、という都城のあり方は琉球王国成立以前の三山に東西の島を加えると完成する。拙著では南北に細長い沖縄島には東山と西山は設定できないことを指摘し、東西の神話的方位が東は久高島、西は久米島に設定されている、と述べた。そして「久高島は太陽の上る「東方のてだが穴」があるとされる聖なる島であり、さらに不可視の東方洋上に

「にるや・かなや」が観想される琉球王国の聖地である。そして、久米島は「金の島」とおもろに謡われる。陰陽五行思想の「木火土金水」は方位では「東南中西北」に相当する。沖縄島から西の久米島は、まさに金＝西の島である」と指摘した（福、二〇一〇、五六）。

また拙著では、久米島が奥州平泉の金色堂を飾る螺鈿細工の材料のヤコウガイの産地であることを述べ、「このような高価な交易品、ヤコウガイの産地としての久米島は、実際にその支配者に莫大な富をもたらす。文字通りの金（銭）の島である」と述べた。そして徳之島については「徳之島が金の島である理由は徳之島にカムィ焼の窯場があり、実際に支配者にとって金銭となる島だったからだと推定される」と述べた（同書、五八）。

前述のように島村幸一は神迎えのおもろの「金の島」を徳之島の美称語、そして聖名と捉えている。その指摘は重要だが、金《かね》には輝く美しいもの、という美称辞としての意味のほか、まさに富そのもの、という意味もある。「金の島」を徳之島の聖名ととると、五五四のおもろは神迎えのおもろと解釈できる。拡大解釈かもしれないが、「金の島」を支配者に富をもたらす島ととるなら、五五四のおもろは欲を露《あら》わにした俗人達の航路を意味する。その双方の解釈が可能なのが五五四であることも指摘しておく。

ほかの徳之島のおもろは二点ある。まず、徳山のおもろをあげる。

巻十三 - 九四三

一徳山《とくやま》の撫《な》で松《まつ》／親御船《おやおうね》は　孵《すだ》ちへ／飛ぶ鳥《とり》と　競《いそ》いして　走《は》り〔や〕せ
又西嶽《にしたけ》の撫《な》で松《まつ》
〔徳之島の西嶽の立派な松材で親御船を造船して飛ぶ鳥と競争して走らせよ〕

このおもろでは徳之島の松の木で船を造ることが謡われている。島村幸一は七六〇の造船のおもろの解説で「「孵《すだ》ちへ」は〈すだす〉の接続形だが、〈すだす〉は「方言」では「シィダシュン　卵をかえす。孵化する。高貴の人が子を生むことをもいう」意の語である」と述べる。そして脚注で詳しく解説する（島村、二〇一二、七五）。

実は、「方言」には別語としてもうひとつの「シィダシュン　磨く。化粧する」を立てているが、語の原義はひとつであり、再生する、更新するといった意味だろうと思われる。本歌の「孵《すだ》ちへ」も必ずしも、造船のみを意味した表現ではなく、新たな船出のために整えた船、船出の儀式のために船粧《ふなよそ》いした船というように理解してもよいと思われる。また、那覇の垣の花にはかつて「スラ場」（俗にはシラ）という「唐船の建造修補」場所があったが、「スラ」は「シィダシュン」の「シィダ」と関係する語だと思われる。

この島村の指摘から、徳之島では自生する琉球松から造船がなされ、美しい船が前掲のように鳥になぞらえられ、船足が速くあれ、と祝福されていることがわかる。おそらく琉球松はカムィヤキの焼成にも大いに役立ったはずである。

船以外に、次のようなおもろもある。

巻十三-九四四
一徳《とく》に　おわる　三十《みそ》のろ／三十《みそ》のろは　崇《たか》べて／吾《あん》　守《まぶ》て／此渡《と》　渡《わた》しよわれ
又徳《とく》に　おわる　四十《よそ》のろ／四十《よそ》のろは　崇《たか》べて
〔徳之島におわす多くの神女達、多くの神女達を崇敬して私を守護してこの渡を渡し給え〕

このおもろは前述のように沖縄本島の西海岸を北上するルートを謡ったおもろの一点であるが、徳之島の沖合を北上する船は与路島の沖合に至り、前掲の与路渡のおもろ、九四五が謡われることになる。

このおもろは三十人ののろ、四十人ののろを謡っている。こののろの数は実際の人数ではなく、のろが大勢いることを示している。前掲の赤木名のおもろ（九四七）の赤木名の百神、根の島の八十のろほどの表現ではないが、徳之島に神女が大勢いたらしい、ということはわかる。前述のように大勢の神女を養い、盛大な神女祭祀を挙行するためには財力が必要である。

このおもろが謡われた当時の徳之島は、すでにカムィヤキの生産を終了していたと考えられる。

しかし、徳之島を拠点としていた勢力は大勢の神女達をかかえ、盛大な神女祭祀をするだけの財力があった。そのことがおもろから垣間見える。

九三〇・九三一・九三二には「与論の神女が真徳浦（徳之島の港）に通う」というおもろがあるが、それについては、「与論島」の個所で取り上げる。

## 沖永良部島

沖永良部島には按司がいたという伝承の残る地名、畦布《あじふ》（和泊町）がある。また和泊町内城には世之主城《よのぬしぐすく》跡がある。『鹿児島県の地名』には「現在までに曲輪、土塁の外に空堀、カムィヤキ片、十四世紀以降と思われる青磁・白磁片、十一世紀以降の中国銭、刀剣などが表面採集されており、当城域はかなり古くから、長期にわたって使用されていたことが想定される。しかし、鎌倉期以前は城ではなかったと思われる」（平凡社地名資料センター編、一九九八、九三一）とある。また豪族が居住し、ぐすくを構えていたことに由来する可能性のある地名、大城《ふうぐすく》（和泊町）もある。

和泊町後蘭《ごらん》は旧グラル村であるが、グラルとは倭寇地名である。知名町上平川には中世、山手の方に按司が居住したというハナグスクがあり、知名町上城（旧上城《かみしろ》村）は世之主の居城の内城の外城にちなみ、上城と称したという。

世之主のほかにも按司がいたという伝承があり、ぐすく跡もある沖永良部島のおもろの中で、月しろ神に関わる用例については既に述べた。ここではそれ以外のおもろについて検討していく。

まず、仲原善忠は巻十三‐七六九の「一御宣《みぢへ》り子《きよ》が　もちよる／神《かみ》にしやが　もちよる／で　吾《わん》此《こ》れ　言《い》ちへ　走《は》りやに／又選《ゑら》ぶ〳〵　選《ゑら》ぶ／百選《もゝゑら》びの親御船《おやおうね》／又選《ゑら》ぶ〳〵　選《ゑら》ぶ／八十選《やそゑ〔ら〕》びの親《おや》御船《おうね》（後略　みぢへりきよ神女が、神女様が〈霊力によって〉きらめき輝く、いざ、私はこれを言って航行させよう、選びに選んだ多くの船、選びに選んだ多くの船）の「ゑらぶ」について、「選らぶと永良部島（ゑらぶ）をかける」（『仲原善忠全集二巻』、一九七七、二〇四）と解説している。

七六九の後半には蒲葵《こば》島（慶良間列島座間味島の南西にある島）、連《つ》れ島（慶良間列島）などの島の名が登場する。この島々は今日の慶良間列島であり、その島々の神女達の守護によって船が那覇港を目指す、というのがこのおもろの趣旨である。慶良間列島の沖合を通って那覇港に至るのは、中国の福建省から那覇港を目指す船であろう。貴重な富をもたらす船団を島々の神女達が守護する、というのはよく理解できる。

仲原はこばしまを久葉島（久高島）と解釈し、連れ島を「津堅・久高が双子島になっているので、つれ島の名がある」とみなした。そして伊計島、平安座島、津堅島、久高島といった沖縄島の東海岸の島々を歌い込んだ琉歌の存在を指摘する。しかし、七六九のゑらぶは選択の意味であり、ゑらぶを重ねることによって選ばれた船団の意義を強調した、と考える。そのため、この詞句を掛詞と理解することはできない。

次に、沖永良部島にいた後蘭《ごらる》孫八である。この人物を謡ったおもろがある。

巻十三‐八六〇

一永良部《ゑらぶ》孫八《まこはつ》が／玉《たま》のきやく　崇《たか》べて／ひといちよは／すかま内《うち》に　走《は》りやせ

又離《はな》れ孫八《まこはつ》／玉《たま》の
〔沖永良部島の孫八、離れ島の孫八が国頭村奥の御嶽の神である玉のきやく神を崇敬して、ひといちよ（船名）を早朝に走らせよ〕

このおもろは孫八を謡っている。この人物について『おもろさうし辞典・総索引　第二版』には「沖永良部島の領主となり、大城城を築いたという後蘭孫八のこと。孫八は沖永良部島の英雄。孫八は「まこはつ」の当て字と考えられる」とある。

この孫八のゴラルはグラルに互換する。南西諸島の方言は三母音であり、ゴはグになる場合がある。このグラルやゴリヤは倭寇地名・人名とみなされ、奄美諸島を中心に多くみられることは、先学に拠って共著に述べた。そして徳之島の伊仙町面縄にはコーネィグラン、徳之島町花徳にはイリグラン、沖永良部島和泊町後蘭にはグラル、和泊町国頭にはグラルニ、知名町赤嶺にはグラルバルといった地名があったことも指摘した（吉成・福、二〇〇七、六〇〜六二）。それについては本著でも「奄美群島と沖縄島」の項でふれた。

グラル孫八の用例は八六〇のみであるが、共著で指摘したように『おもろさうし』には倭寇を謡ったと考えられる「倭寇おもろ」が存在しており、沖永良部島の倭寇の英雄を謡ったおもろがあってもおかしくはない。

孫八が崇敬したとされる、玉のきやく神のおもろは巻十三‐九二七にあり、「一国笠《くにかさ》に　おわる

／親《おや》のろは　崇《たか》べて／島討《しまう》ちしちへ／按司襲《あぢおそ》いに　みおやせ／又屋嘉比杜《やかびもり》　おわる／金丸《かねまる》は　崇《たか》べて／又赤丸《あかまる》に　おわる／てくの君《きみ》　崇《たか》べて／又安須杜《あすもり》に　おわる／ましらては　崇《たか》べて／又奥杜《おくもり》におわる／玉《たま》のきやく　崇《たか》べて（国頭郡大宜味村田嘉里の国笠におわす親のろを崇敬して、島を討ちとって国王様に奉れ、田嘉里の屋嘉比杜におわす金丸を崇敬して、国頭村桃原の赤丸岬におわすてくの君を崇敬して、国頭村辺戸の安須杜におわすましらてを崇敬して、国頭村奥の杜におわす玉のきやくを崇敬して）」となっている。沖縄島北部の海岸沿いの聖域の神々に島討ちを祈願する、というこのおもろはこれらの聖域の神々が航海安全と武力の神であったことを思わせる。奥杜の玉のきやく神は倭寇のグラル孫八が崇敬するのにふさわしい。

『知名町誌』には、沖永良部世之主が後蘭孫八に築城方を仰せ付けて居城を造らせた、あるいは孫八がすでに居城にしていた場所を譲らせて世之主の居城にし、孫八はほかに居城の適地を求めて移り住んだ、という説が記されている（知名町誌編纂委員会、一九八二、二〇三～二〇四）。後述するように、八五九には「永良部に立つ長老達が大ぐすくを思い子の為に造営する」というおもろがあり、八六〇には前掲のおもろがある。八五九は沖永良部島の重要な人物のための築城のおもろ、と考えられる。その人物を世之主と断定することはできないが、世之主に比定されるにふさわしい、ということはできる。後述のように永良部世の主のおもろもあり、沖永良部島の伝承の歴史の中に名を残した後蘭孫八と世之主の面影は、おもろ世界に認められるのである。

さて、問題は前述のように沖永良部島はおもろでは「離れ」と称されることがあり、沖縄島の離れ島と見なされていたのをどう考えるか。この沖永良部島に琉球王国の高級神女、煽りやへが鳴り轟くというのが次のおもろである。

巻四‐一六五

一せりよさに　鳴響《とよ》む／聞《きこ》ゑ煽《あお》りやへや／按司《あぢ》襲《おそ》いに／国手持《くにても》ち　みおやせ

又精《すへ》の君《きみ》やれば／栄《ふさ》い君《きみ》やれば

〔沖永良部島に鳴り轟く、名高い煽りやへは国王様に国の宝物を奉れ、霊力豊かな神女であるから、栄えている君であるから〕

せりよさは沖永良部島の古名である。そして煽りやへは「第二尚氏になって、聞得大君という神女の最高職が置かれるまでは、あおりやへが最上級の神女であったとみられる」（『おもろさうし辞典・総索引　第二版』）という神女である。なお今帰仁には今帰仁あふりやゑという神女職が存在していた。「今帰仁には伊是名島（第二尚氏初代、尚円王の出生地）に対する遥拝所があるためにおかれた神官だといわれる」と『沖縄古語大辞典』にはある。

おもろでは沖永良部島に名高い煽りやへが国王に国手持ちを奉る。国手持ちの手持ちとは手持ち玉で、宝物を意味する。転じて城などを宝物視してその美称として使われることもある。国手持ちは一六五のほかに久米島具志川の杜で祭祀を行う国襲い神女に関わる国手持ち（六〇九と一四二九の重複おもろ、一四八五の混入部分に三例、宝玉)、平安座島の濯ぎ井泉で濯がれ、尚真王に奉られる国手持ち(一一五四、宝玉)、ぐすくの美称である清らやの国手持ち(四七七、首里城か)、国手持ち内《おちへ》と国手持ちぐすく(一一六四、勝連ぐすく)がある。

一六五の国手持ちが具体的にいかなるものかはわからないが、王族であり国王の身内でもある高級神女煽りやへが国王の手渡しをするなら宝玉のような宝物であろう。一方、煽りやへがぐすくを造営したと想念され、そのぐすくであり国手持ちであるものを国王に奉る、ということも考えられる。

一六五に先立つ一六三には「名高く鳴り轟く煽りやへは島討ち君(島討ちに霊能を発揮する神女)であるから、煽りやゑは島討ち吉日(島討ちのための祭祀を行う吉日)に降臨し給いて」とあり、一六四は「名高い煽りやへは中神に祈願して、鳴り轟く煽りやへは金比屋武《かなひやぶ》に祈願して、国王様こそ祈願して栄え給え」となっている。島討ちとは文字通り島の支配権を武力で討ち取ることを意味している。武力を霊能とする神女は、一六四では今帰仁ぐすくの神と考えられる中神を祈願する。一六四の金比屋武は今帰仁ぐすくの拝所名であると同時に首里城の正門前にある園比屋武嶽の異称である。

煽りやへが金比屋武に祈願するおもろに続いて煽りやへが沖永良部島に鳴り轟く、と謡うおもろが配列されるのは偶然ではないだろう。煽りやへの一六五のおもろについて、共著の注釈では「煽りやへは風雨の神、軍神としての性格を持ち、また「巴　三つ廻り」と謡われるように八幡信仰に深く関係していることを考えると、煽りやへが沖永良部島に名高いと、あえて謡われていることの意味も理解できる」と述べた（吉成・福、二〇〇六、二八九）。

煽りやへのおもろには前述のように「島討ち君」とある。また、「名高く鳴り轟く煽りやいは、玉の御煽り（祭祀の際にかざす冷傘）を揺らし給え、赤の御煽りは煽りやいと和合して」というおもろ（六八四）がある。六八四は煽りやへ（い）神女と冷傘を揺らす風の関係を謡っている。また「名高く鳴り轟く煽りやへは中空に美しい帆を煽らせて」というおもろ（六八七）もある。六八七は煽りやへが風を司り、帆を煽らせていることを謡っている。おもろ世界には神女に風を乞うおもろがあり、霊能高い神女は風を司る、とされている。また、煽りやへと巴紋を形作る三つの勾玉（巴　三つ廻り）が関連付けて謡われるおもろもある。三つ巴紋は琉球王国の王家の紋章であり、八幡神の神紋である。そして倭寇が八幡神を信仰していたことはよく知られている。

倭寇にほかならない後蘭孫八のいた沖永良部島は倭寇の拠点の一つだったと考えられる。その倭寇の拠点の島に聞得大君職成立以前の最高神女であり、風を司り三つ巴紋をまとい戦勝の霊能を持つ煽りやへが名高い、と謡うおもろは沖永良部島の月しろ神のおもろと共に、琉球王国にとっての沖永良部島の重要性を示唆している。

また、沖永良部島は富に溢れた島と謡われている。その一つが馬の群れを謡った次のおもろである。このおもろについては共著で言及した（吉成・福、二〇〇七、二八二～二八三）。

巻十三 - 九三六

一永良部世《あらぶよ》の主《ぬし》の／選《あら》でおちやる　御駄群《みちやぶ》れ／御駄群《みちやぶ》れや／世の主《ぬし》ぢよ　待《ま》ち居《よ》る

又離《はな》れ世の主《ぬし》の

又金鞍《くら》　掛《か》けて／与和泊《よわとまり》　降《お》れて

〔永良部世の主、離れ島の世の主の選んでおられた馬の群れ、馬の群れは世の主こそ待っている、金の鞍を掛けて、与和の港に降りて〕

このおもろは沖永良部島の支配者である世の主のもとに馬の群れが運ばれ、与和の港で降りて世の主を待っていることが謡われている。九三六については共著の注釈で「九三六のおもろでは、永良部世の主が選んでおいた馬の群れを謡っており、倭寇と馬との関連が視野に入ることになる。倭寇は騎馬隊を編成し、馬を操ることに長じており、沖永良部島は琉球王国の牧としての性格を持っていたと考えられるからである。琉球が中国へ多くの馬を朝貢している事実も、こうした脈絡に位置づけると理解しやすい。日朝海域をまたぐ地域の倭寇に馬を供給していたのは、古くから牧があった済州島であったとされ、また松浦党の支配下にあった中世の五島列島には牧の存在が確認されるという。壱岐もまた松浦党の支配下にあった」と述べた（吉成・福、二〇〇六、二八九）。

この馬の群れは金の鞍を掛けている。おもろ世界にはこがね鞍（金の鞍）が九三六のほか、美しい着物を身につけ選びに選んだ立派な刀を差す久米島の按司の白馬の鞍（五八三）、鎌倉武士のような装いをする知花按司の白馬の鞍（九八六）に登場する。五八三にはなむぢや（銀）鞍も登場する。また、五一四には斎場嶽での祭祀で大君が乗る白馬の鞍として、金京鞍《きやくら》、なむぢや京鞍が出現する。これらの金の鞍、銀の鞍の用例は、富を誇る久米島の按司や本土から伝わった装いをする知花按司、そして琉球王国の最高神女のもとに現れる。僅かな用例だが、このことは金の鞍が富の象徴だったことを意味する。沖永良部島の世の主はそのような鞍をつけた馬の群れを手に入れた人物としておもろに謡われているのである。

ほかの鞍の用例は前掲の九八六に前鞍《まへくら》と後鞍《しるいくら》の用例がある。この用例は、「白馬に金の鞍を掛け、前鞍に太陽の形を描き、後鞍に月の形を描き」となっている。このように美しい馬の装いの叙事は神歌に似た表現がある。島村幸一は奄美諸島の霊能者、ユタの成巫式でうたわれる「生《ま》れ語《がた》れ」に「銀鞍はうち映えて・前鞍は太陽の絵・後ろ鞍は御月の絵」という詞章があること、多良間島の神歌に「馬の鞍を添えよ・立て馬を飾れ・前鞍の絵は・大ティダ（太陽）を据えよ・後ろ鞍の絵は・御月の絵を据えよ」とあることを指摘し、「これが、オモロを含め奄美から多良間の神歌に表れる。おそらく、共通したベースになる表現の伝播があるに違いない」と述べる。

島村はまた、注記に鞍の美称のほか、馬を白馬とする点、馬曳きが登場する点が共通する叙事である、と述べる。そして「福田晃は修験系の唱道者の祭文が奄美のユタの呪詞に影響していることを示唆している」と述べる（島村、二〇一二、一〇五）。

島村の指摘から、このおもろにも修験系の祭文の影響が及んでいた可能性がある、と考える。ただ、馬の群れは島外から船で運ばれて与和の港に降り、世の主は馬の群れを待っていたのである。おもろは金の鞍を掛けた馬の群れを迎え入れる沖永良部島の世の主の豊かさを謡っているのである。

なお、八九五には綾木鞍《あやきくら》と奇《く》せ木鞍《きくら》の用例がある。八九五は「一綾毛馬《あやきうま》に／綾木鞍《あやきくら》　掛《か》けて／綾《あや》木鞭《きぶち》　取《と》らちへ／追《お》ゑたて丶　走《は》りやせ　ゑ　やれ／又奇《く》せ毛馬《きうま》に／奇《く》せ木鞍《きくら》　掛《か》けて／奇《く》せ木鞭《きぶち》　取《と》らちへ（美しい毛の馬に美しい木の鞍を掛けて美しい木の鞭を取らせて、追い立てて走らせよ、美しい毛の馬に美しい木の鞍を掛けて美しい木の鞭を取らせて）」となっている。このおもろは「船ゑとのおもろ御さうし」の巻十三に入っているが、航海を思わせる詞句はない。これは憶測に過ぎないが、このおもろの美しい毛色の馬が船で運ばれたため、巻十三に入った可能性もあるのではないか。

また、次のおもろも沖永良部島の豊かさを謡っている。このおもろについては共著で言及した（吉成・福、二〇〇七、二八三）

巻十三 - 八六一
一永良部《ゑらぶ》世の主《ぬし》の／選《ゑら》でおちやる　能作《のさ》　赤頭《あくかべ》／百読《む丶よみ》の真絹《まきん》／取《と》て　み（お）やせ
又離《はな》れ世の主《ぬし》の／選《ゑら》でおちやる
（永良部世の主の、離れ世の主の選んでおいた能作（芸事）、赤頭（若衆）、密に織られた絹織物

を取って奉れ〕

このおもろでは永良部世の主のもとに芸事の達者な人物や若衆がいたことを謡う。そして、百読みの真絹が登場する。読み人知らずの琉歌には「七よみとはたいん　かせかけておきゆて　里があかいづ羽　御衣よすらね（ごく上等のかせをかけておいて、あのかたのために、蜻蛉の羽のように美しい着物を作ってあげたい）」とある。『南島文学』には「「読（よみ）」は布の縦糸の本数を表す単位で、一読は、上下四十本ずつの八十本、二十読は一尺の布の中に千六百本の縦糸という」とある（外間、一九七六、一二八〜一二九）。この蜻蛉の羽のような二十読みの布は芭蕉布であろう。

一方、八六一のおもろに登場するのは百読みの絹である。芭蕉糸と絹糸は太さが異なるが、百読が仮に存在するなら一尺の布の中に八千本の縦糸、ということになる。この表現は大袈裟かもしれないが、外来の密に織られた絹地の光沢と美しさは南西諸島の人々の目をひいた、と想像する。この一例のみの絹の用例が沖永良部島の世の主のおもろに出現する意義は大きい。

また、次のようなおもろがある。

巻十三 - 八五九
一永良部《ゑらぶ》　立《た》つ　あす達《た》／大ぐすく　げらへて　げらへやり／思《おも》ひ子《ぐわ》の　御為《ため》
又離《はな》れ　立《た》つ　あす達《た》／大ぐすく

〔永良部、離れ島に立つ長老達、大ぐすくを造りに造って、思い子の御為〕

このおもろは沖永良部島の長老達がおそらく島の有力者の子のためにぐすくを造営することを謡っている。大ぐすくは『おもろさうし辞典・総索引　第二版』には「①大きな城《ぐすく》という意で、城の美称　②地名。島尻郡大里村字大城　③地名。沖永良部島字大城《おおぐすく》および同名のぐすく」とある。沖永良部島の大ぐすくは沖縄島の島尻郡の大城のように地名であり、必ずしも巨大なぐすくだったわけではない。しかし、沖永良部島に大ぐすくを造営する、と謡うことは沖永良部島のぐすくへの誇りである。

また、次のようなおもろがある。このおもろについては共著で言及した（吉成・福、二〇〇七、二八四）。

巻十三 - 九三五
一永良部世《ゑらぶよ》の主《ぬし》の／御船《おうね》　橋《はし》　しよわちへ／永良部島《ゑらぶしま》　成《な》ちやる／又離《はな》れ世の主《ぬし》の
〔永良部世の主の、離れ世の主の、御船を橋にし給いて、永良部島を成したことよ〕

このおもろでは永良部世の主の船が橋のように連なっていることを謡っている。この詞句から想起されるのは首里城の「万国津梁鐘銘」である。この読み下し文は「琉球国は南海の勝地にして、三韓の秀を鐘《あつ》め、大明を以て輔車となし、日域を以て唇歯となす。此の二の中間に在りて湧出するの蓬萊島なり。舟楫を以て万国の津梁となし、異産至宝は十万刹に充満す（後略）」であり、『沖縄大百科事典』は「この鐘は仏教の加護によって国内を安定させるために造られたものであるが、銘文は十五世紀中葉・尚泰久王治世下の琉球の海外貿易の隆盛・制海の気概を的確に表現するものである」（『沖縄大百科事典』刊行事務局、一九八三、二六七〜二六八）と説明している。

前述のようにおもろが作られ、謡われた時代を島村幸一は十五世紀後半から十七世紀初頭、としている。永良部世の主の九三五のおもろがいつ作られ、謡われていたかはわからないし、「万国津梁鐘銘」と九三五の年代の差もわからない。しかし、沖永良部島には沖縄島の第一尚氏の王とは別の勢力がおり、船を橋にして、金の鞍を掛けた馬の群れを島に運び込み、絹織物を我が物とし、若衆の芸事を楽しんでいたのである。その世の主にとって沖永良部島こそが世界の中心だったはずである。

沖永良部島の人物の恋の息吹を伝える次のようなおもろもある。

巻十三 - 九五八
一永良部《ゑらぶ》むすひ思《よも》へ／くれるてや　成《な》ちやな／今《いみや》こより／珍《めづ》や声《ごゑ》　遣《や》らに
又旅《たび》　立《た》つ　吾《あん》や
又夏手無《なつたな》しやれば／肌《はだ》からむ　触《さわ》らん

又つしやの玉《たま》やれば／頸《くび》からむ　触《さわ》らん
〔永良部むすひ思へは、別れかねて寂しい思いをしているだろうか、今からこそ目新しい消息を遣わそう、旅立つ私は、夏衣であるから、肌からも触ろう、粒の玉であるから、頸からも触ろう〕

このおもろの永良部むすひ思へという人物と旅に出る吾は同一人物と思われるが、確かなことはわからない。おもろの後半の夏衣を身に着け、粒の玉を連ねた玉飾りを頸に掛けているのは女性であろう。おもろからはこの女性の肌、そして頸に伝う男性の手指の感触が伝わってくる。おもろ世界には恋愛を謡うおもろが極端に少ない。おもろ編纂の意図のひとつは恋愛のおもろを採択しないことであろう。しかし、このおもろは沖永良部島にゆかりのある男性と、夏用の芭蕉の晴れ着を着て玉飾りをする、という贅沢な装いをした女性の一時の触れ合いを伝えているのである。
なお、このおもろは次のおもろと詞句が共通する部分がある。

巻十三‐八五八
一赤金《あかかに》が　船遣《ふなや》れ／永良部《ゑらぶ》むすひ思《よも》へ／今《いみや》こより／珍《めづ》ら声《こゑ》　遣《や》らに
又上間子《おゑまし》が　船遣《ふなや》れ
又旅《たび》に　立《た》つ　吾《あん》は／くれかてや　有《あ》れども／今《いみや》こより／珍《めづ》ら

〔赤金、上間子の航海だ、永良部むすひ思へは今からこそ目新しい消息を遣ろう。旅に立つ私は、暮れ方であるけれども、今からこそ目新しい〕

八五八で航海を主導する船頭の、赤銅色に日焼けした赤金と上間（地名）のお方は同一人物かもしれない。しかし、この人物と永良部むすひ思へ、そして旅立つ吾が同一人物なのかはわからない。ただ、このおもろは九五八と永良部むすひ思へ、「今こより　珍ら声　遣らに」という詞句は共通している。また九五八が「くれるてや　成ちやな」であるのに対し、八五八は「くれかてや有れども」で、「くれ」の部分と音数律（五・四）は同じである。

これらの事象は「永良部むすひ思へ　今こより　珍ら声　遣らに」という詞句が人々に好まれ、何通りかの替え歌があったことを、あるいは示唆しているのかもしれない。なお、沖永良部島の赤《あか》金《かに》を謡うおもろはもう一点ある。

巻十三－八五七

一赤金《あかかに》が　船遣《ふなや》れ／てだが前《まへ》　知《し》られて／追手《おゑちへ》　乞《こ》うて／雲《くも》に　送《おこ》られ、

又上間子《おゑまし》が　船遣《ふなや》れ／てだが前《まへ》

〔赤金、上間のお方の航海だ、太陽神に祈願して、追手の風を乞い、雲に送られよ〕

このおもろの「てだが前」を太陽神と取ると前述のような解釈になるが、按司の御前ととると、按司様の御前で申し上げよ（知られよ、お願いしなさい）、という解釈になる。順風の追手の風は雲を動かす。その雲に送られ、赤銅色の肌の船頭は船を進めるのである。

中国に赴いた王府の船の船頭にも赤金という名を持つ人物がいる。そのおもろは巻十三‐七六四で「一赤金《あかかに》が　船遣《ふなや》れ／げらへ金富《こがねとみ》／大君《きみ》に／真南風《まはい》　乞《こ》うて　走《は》りやに／又げらへ金富《こがねとみ》／赤金子《あかかにこ》船頭《せど》　しやり／又唐渡《たうと》　出《い》で、　走《は》り居《よ》れば／唐《たう》の菩薩《ぼうさ》　崇《たか》べて（赤金の航海だ、げらへ金富（船名）は大君に南風を乞うて走らせよ、げらへ金富は赤金のお方が船頭をして、中国への航海の難所に出て走っている時は、唐の菩薩（媽祖《まそ》、航海守護の女神）を崇敬して）」となっている。赤銅色に日焼けした肌の優秀な船頭が、王府の船、そして沖永良部島の船を操船していたことがおもろからうかがえる。

また、永良部島で船の競い合いを謡っているおもろもあり、次のようになっている。

巻十三‐九三七
一永良部《ゑらぶ》せりよさに／端漕《はこ》ぎ　走《は》り競《そ》ゑて／歓《あま》へ子《こ》が　守《まぶ》りよわるゑそこ
又離《はな》れせりよさに
〔永良部せりよさに、離れせりよさに、端漕ぎ（イノーの外側の深海での船漕ぎ）を走り競って、歓へ子（御嶽の神）が守護し給う大型の船であることよ〕

このおもろの「はこぎ」を岩波文庫版『おもろさうし』は端漕ぎとし、『沖縄古語大辞典』は「船名、あるいは船頭名か」とし、『おもろさうし辞典・総索引 第二版』は「船名」としている。「ゑそこ」は兵船を意味する場合があり、大型の船で船漕ぎ競争をする、とは考えにくい。ただ、イノーの外側の深い海での船漕ぎの競争なら可能であろう。沖永良部島から島外に乗り出していった人々が、船漕ぎの鍛錬も兼ねて競争をしていた可能性もある、と考える。

九三七の歓へ子は、ゑそこを守護する神であるが、そのことをより明確に謡うのが次のおもろである。

巻十三 - 九四〇
一里《さと》中のころがま／一《いち》の櫂《たし》 真強《まぢよ》く／歓《あま》へ子《こ》が 守《まぶ》りよわるゑそこ
又としらもいころがま
又田皆嶽《たみなたけ》 見居《めよ》り
又西銘嶽《にしめたけ》 見居《めよ》り
又せりよさのはつき／走《は》（ち）へ来居《きお》り／あけより
〔里中の男達、としらもいの男達、一の櫂を強く、歓へ子が守護し給うゑそこ、沖永良部島の田皆嶽、西銘嶽を見ており、沖永良部島のはつき（船名）は走って来ており、あけより（未詳語、または「明けより」で明けているか）」

このおもろは解釈が難しい個所があるが、沖永良部島の嶽をゑそこを漕ぐ男達が見ている、あるいは仰いでいることがわかる。歓へ子は航海守護をする嶽の神であろう。

そのような嶽の神が航海守護をすることをはっきり謡うのが次のおもろである。

巻十三‐九四一

一 永良部《ゑらぶ》やむま嶽《たけ》／おさんする　神々《かみ〳〵》／吾《あん》　守《まぶ》て／此渡《と》　渡《わた》しよわれ

又 離《はな》れやむま嶽《たけ》

〔沖永良部島、離れ島のやむま嶽に鎮座する神々、私を守護してこの渡を渡し給え〕

このおもろは前述の「吾《あん》　守《まぶ》て／此渡《と》　渡《わた》しよわれ（私を守ってこの海をお渡しください）」のうちの一点である。沖永良部島のやむま嶽の沖合を通る船は、船上から嶽を仰ぎ、嶽で祈願する神女達（神達）に航海の安全を祈ったのである。

また、前掲の赤木名や徳之島のおもろのように、沖永良部島でも大勢の神女達が航海守護をすることが九四二のおもろに謡われている。

巻十三 - 九四二
一永良部《ゑらぶ》　おわる　三十《みそ》のろ／三十《みそ》のろは　崇《たか》べて／吾《あん》　守《まぶ》て／此渡《と》　渡《わた》しよわれ
又離《はな》れ　おわる　三十《みそ》のろ
〔沖永良部島、離れ島におわす三十人ののろ達、私を守護してこの航海上の難所の海をお渡し下さい〕

前述したように「私を守ってこの海をお渡しくださ い」と謡う一連のおもろは聖域で祈願する神女達と聖域を一体化したものとして崇敬している。奄美大島の赤木名の百神・八十神、徳之島の三十のろ・四十のろのように、沖永良部島にも大勢の神女達がおり、その神女達に航海守護を祈る船上の人々がいた、ということがわかる。三十人ののろ達とは、大勢の神女達の比喩的表現であろう。ただ、そのように大勢の神女達を抱えることができるのは、そこに財力のある人物がいるからであることは、言うまでもない。

『鹿児島県の地名』の沖永良部島には、島の民謡として「グラル孫八が積みあげたグスク永良部三十祝《のろ》の遊び所」がある、と紹介されている（平凡社地名資料センター編、一九九八、八五六)。倭寇である孫八が石垣を積み上げたぐすくで沖永良部島の大勢の神女達が神遊びをする、という歌詞は、富がある所に神女達がたくさんいて盛んな祭祀をすることを表現している。民謡の歌詞の作られた時代は不明だが、島を拠点にし、島外で富を獲得する男と島で祈願をする女が表現されていることは興味深い。

また、同書には知名町で口伝された祝詞「シマタティシンゴ」の中に造られた島に嶽をおいたとし、「大島ウグラン嶽に、喜界《ききや》はウルシ嶽に、徳之島《とくぬしま》ハニフ嶽に、永良部《いらぶ》はサザマ嶽に、与論《ゆんぬ》ビラン嶽に」とあることを述べる（同書、八五六）。この大島の嶽名のウグラン嶽もまた、グラルやゴリヤなどの倭寇地名に通じる、と言ってよい。

以上のように沖永良部島には外来の富が溢れ、島で大勢の神女達による祭祀がなされていた。また、沖縄の万国津梁鐘銘と同じように船を橋にし、活発な交易、そして倭寇の行為によって富んだ男性支配者がいた。その沖永良部島の活況が、『おもろさうし』のおもろに留められているのである。

## 与論島

与論島には与論城跡《よろんぐすく》（与論町立長）があり、『鹿児島県の地名』には次のように書かれている（平凡社地方資料センター編、一九九八、九三八）。

当城は琉球北山王ハニジ（怕尼芝）のとき三男オーシャン（王舅、沖永良部島の世之主の弟）が与論世之主となり、永楽三年（一四〇五）グラルマゴハチ（後蘭孫八）に命じて上城《うわいぐすく》の積石を取崩して築き始め、未完成ながら同一三年まで居城としたと伝える。この直前に与論島民らは沖縄島で座間味城（現沖縄県読谷村）を築城するために山田城（現同恩納村）から積石を運搬するのに動員されたといい、それに伴う労働力不足のために当城の築城は未完に終わったという。正徳七年（一五一二）中山王尚真の次男で大里王子の尚朝栄（ハナグスクマサブロウ、花城真三郎）が与論世之主又吉按司となり、石垣石塁を築こうと島中の石を集めたが不足、中山王の支援で完成にこぎつけたと伝える。

与論城について同書には「平成二年（一九九〇）の試掘で主曲輪の西にある添曲輪から青磁片・

白磁片・染付片・南蛮磁器片が出土している。十三世紀から十七世紀にわたるが、十五、六世紀の遺物が多い」とある。

　このように与論城の伝承には北山王の三男や沖永良部島の世の主の弟や後蘭孫八、そして中山王尚真の次男などが関わっている。奄美群島の中で最も沖縄島に近く、琉球の影響が強く及ぶ与論島のぐすくらしい伝承である。また、与論町麦屋には上城《うわいぐすく》遺跡がある。このぐすくについて同書には「当城は按司（アジ）の居城であったが、世之主の与論城の石垣構築の際、当城石塁の珊瑚礫を移して使用したという。与論城が築かれたのは永楽三年（一四〇五）と伝えるので、この年に廃されたことになる」、「主曲輪に炉跡などがみられ、十一世紀から十四世紀に使用されたと想定されている」とある。

　与論島にはこのように琉球や沖永良部島との関わりが語られるぐすくが存在しているのである。与論島のおもろには前述のように九二八の「与論島の親のろがとからあすびを崇敬して」と謡うものがある。その他の用例を以下でみていきたい。

まず、次のような重複おもろがある。

巻十・五四一

一大みつのみぢよい思《も》い／追手《おゑちへ》　乞《こ》うて　走《は》〔り〕やせ／又古里《ふるさと》のみぢよい思《も》い

又みぢよい思《も》いが　初旅《うゑたび》／又みぢよい思《も》いが　新旅《あらたび》

又御酒《よさけ》盛《も》り所《どころ》／又御神酒《ゆみき》盛《も》り所《どころ》
又弟者部《おとぢやべ》は　誘《さそ》やり／又乳弟者《ちおとぢや》は　誘《さそ》やり
〔大みつ（古里の別名）、古里のみぢよい思いは、追手風を乞うて（船を）走らせよ、みぢよい思いが初旅、新旅だ、御酒盛り所、御神酒盛り所に、兄弟を誘い、乳兄弟を誘い〕

巻十三－九五七
一大みつのみて思《も》い／追手《おゑちへ》　乞《こ》うて　走《は》りやせ／又古里《ふるさと》のみて思《も》い
又みて思《も》いぎや　初旅《おひたび》／又みて思《も》いが　新旅《あらたび》
又御酒盛《よさけも》り所《どころ》／又御神酒《よみき》盛《も》り所《どころ》
又輩《ともがら》は　誘《さそ》て／又乳弟者《ちおとぢや》は　誘《さそ》て
〔大みつ、古里のみて思い、追手の風を乞うて（船を）走らせよ、みて思いが初旅、新旅、御酒盛り所、御神酒盛り所に、仲間を誘って、乳兄弟を誘って〕

この二点の重複おもろは与論島古里村のみぢよい思い、あるいはみて思いという若者が船で初の航海に出ることを謡っている。若者は兄弟や乳兄弟、そして仲間を誘って酒盛りをし、順風を乞うて航海に出る。航海がいつも順調にいくとは限らないが、このおもろは若者の初旅、新旅を言祝いでいる。このおもろが示すのは、与論島の若者の青春そのものである。

また、与論島の男達を謡ったおもろもある。

巻十‐五五五

一かいふたの大ころ／やふら　押《お》せ　やちよく達《た》
又金杜《かなもり》の大ころ／又大ころが　真庭《まみや》に
〔与論島の、金杜の男達、男達がいる神庭に、やふら（船漕ぎの掛け声）、（船を）押せ、村頭の妻女たち〕

このおもろは与論島の金杜と大ころ達、そして祭祀の補佐役の村頭の妻女達が謡われている。「やふら」は「やうら」と同じで航海の時の掛け声であり、用例はこの一例のみである。「やうら」は前掲の喜界島から島伝いに沖縄島に南下し、首里杜に至る航路を謡う巻十‐五五四に「一聞《きこ》へ押《おし》笠《かさ》／鳴響《とよ》む押笠《おしかさ》／やうら　押《お》ちへ　使《つか》い（名高い押笠は、鳴り鳴響む押笠は、そっと船を押して招待する）」とある。

舟の漕行、行進歌のおもろの巻十の五四四には「一君直《きみなお》り　若君《わかきみ》／うら〱と　押《お》せ／又君《きみ》　若《わか》く　大君《きみ》（君直り、若君、君若く大君、うらうらと〈船を〉押せ）」とある。このおもろは以下、「朝凪・夕凪がしているから、板清ら・棚清ら（船）を押し浮かべて、船子・手楫（水夫・楫取り）を選んで乗せて」という常套句が続く。巻十‐五五一には「一外間《ほかま》大屋子《やこ》が／や〻と　押《お》せ　やちよこ達《た》／又意地気《いぢへき》大屋子《やこ》が（外間大屋子が、立派な大屋子が、ややと押せ、村頭の妻女達）」とあり、以下、五四四と同様の常套句が続く。

これらの用例からわかるように、船の安全な航行を祈願する祭祀に神女、あるいは村頭の妻女が登場し、船を押す場合があることがわかる。実際に船に手を触れて押すのか、押すしぐさをするだけかは、おもろからではわからない。五五五ではその祭祀が与論島の金杜の真庭でなされている。なお「やうら」はそのほかに五五四の重複おもろの八六八や七二八に二十九例（うち二例は「やうらへ」）、「やうらあ」）七八九、そして八八四に二例（「やうら」と「やおら」の対語）ある。

このおもろの金杜だが、『おもろさうし』のほかの金杜の用例は次のようになっている。

・佐敷金杜（島尻郡佐敷町、西の金杜、根国金杜や雨漏らん金杜を含む）＝十六例
・屋宜の金杜（中城村の屋宜の杜、比嘉の金杜と対）＝三例
・比嘉の金杜（北中城村の比嘉の杜、屋宜の金杜と対）＝三例
・平安座金杜・根立て金杜（平安座島の杜）＝二例
・根立て金杜（久米島の兼城の杜）＝二例
・金杜（与論島の杜）＝二例
・金杜（久高島の蒲葵杜）＝一例
・金杜の親のろ（首里の真壁殿内ののろの名称）＝一例

これらの金杜の用例について、拙著では「これらの金杜の所在地は港湾集落（中城屋宜の浦、久米島兼城）や拠点としての島（平安座島、久高島）、良港を臨む地（佐敷、馬天港）などである。佐敷については尚巴志にまつわり、鉄器の伝承がある。他の地域については不明だが、金杜《かなもり》のカナは美称辞的な用法のほか鉄を意味するので、金杜のある場所には鉄器が豊富にもたらされていた可能性がある」と述べた（福、二〇一三、二三八～二三九）。与論島もまた平安座島や久高島と同様の拠点の島であることは言うまでもない。

また、与論島の神女が船を守護する、というおもろもある。

巻十三 - 九二九

一かゑふたの親《おや》のろ／親御船《おやおうね》よ　守《まぶ》りよわ／舞合《まや》ゑて　見守《みまぶ》て〔す〕　走《は》りやせ

又根《ね》の島《しま》ののろ〳〵／又のろ〳〵す　知《し》りよわめ／又神々《かみ〴〵》す　知《し》りよわめ

〔与論島の親のろは親御船を守護し給え、神舞をしあって見守ってこそ走らせよ、根の島ののろ達、のろ達こそ守り給うであろう、神達こそ守り給うであろう〕

このおもろでは親のろ、のろ〳〵、神々、と与論島の位の高い神女から順に船を守護することが謡われる。

九二九では与論島が根の島と謡われる。根の島の用例は、与論島が四例（九二八・九二九・九三〇・九三三）と奄美大島の赤木名が二例（九四六・九四七）、そして宜野湾が二例（一一〇二・一一〇三）の計八例ある。また、与論島は根国と謡われる（九三二）場合もある。なぜ与論島が根の島と謡われる場合が多いのかは不明である。

与論島の古名であるかいふた（かゑふた）を『おもろさうし辞典・総索引　第二版』は「与論島の古名。「ふた」または「くた」は、「まきよ」の対語。血縁団体。引いて部落を意味する」と解説する。かいふたと与論の用例に特別な使い分けは見られないようである。

また、与論島の親のろ、あるいはこいしの神女が真徳浦に通う、というおもろが三点ある。

巻十三 - 九三〇

一かゑふたの親《おや》のろ／真徳浦《まとくうら》に　通《かよ》て／按司襲《あぢおそ》いに／金　積《つ》で　みおやせ

又根《ね》の島《しま》の親《おや》のろ

〔与論島の、根の島の親のろが真徳浦に通って国王様に金を積んで奉れ〕

巻十三 - 九三一

一与論《よろん》こいしのが／真徳浦《まとくうら》に　通《かよ》て／島《しま》　かねて／按司襲《あぢおそ》いに　みおやせ

又離《はな》れこいしのが

〔与論、離れ島のこいしの神女が真徳浦に通って、島を囲い統べて国王様に奉れ〕

巻十三 - 九三二
一与論《よろん》こいしのが／真徳浦《まとくうら》に　通《かよ》て／玉金／按司襲《あぢおそ》いに　みおやせ
又根国《ねくに》こいしのが
〔与論、根国こいしのが真徳浦に通って玉金を国王様に奉れ〕

この三点のおもろは与論の親のろ、あるいはこいしの神女が真徳浦に通い、按司襲いに様々なものを奉ることを謡っている。この親のろとこいしのは、あるいは同一人物かもしれない。こいしのと同名の神女はおもろ世界ではほかに久米島に存在する。久米中城のこいしの（こゑしの）は、百《も》浦《うら》こいしのと称されることもある。この名称は、久米中城から多くの港湾集落（百浦）に船が出されれ、こいしのが霊力で航海守護をしていたことを思わせる。

またこの三点のおもろの按司襲いを岩波文庫版は国王としている。与論島は沖縄島に近く、この按司襲いが与論島の男性支配者ではなく国王の可能性は高い。それでは、神女は徳之島の港、真徳浦に通って何を国王に奉るのか、というと具体的にはよくわからない。

九三〇の金《こかね》は黄金や宝物である。九三二の玉金《たまこかね》は金に更に美称の玉がついた語である。これらは財宝を意味し、琉球で最も財宝の集まる首里城は島金《しまこがね》ぐすく・国金《くにこがね》ぐすく（二三四）である。玉金《たまこがね》御内《みうち》（八三六）で王の住居の美称を意味し、玉金《たまこがね》持《も》ち満ちへるぐすく（二一七）で首里城を意味する。与論島の神女が徳之島の港に通うと、なぜ財宝を国王に奉ることができるのかは、わからない。琉球国王と与論島と徳之島の関係と財宝の流れを、これらのおもろは示唆しているのかもしれない。

九三一の「島　かねて　按司襲いに　奉れ」だが、「かねて」は囲い統べて、を意味する。用例は九例あり、次のようになっている。

・四二〇　　治金丸（刀剣、琉球王の宝刀）は島を囲い統べてきたのだ。
・九三一　　与論こいしのが真徳浦に通って島を囲い統べて国王様に奉れ。
・一一〇二　宜野湾ののろが杜に降臨し、按司様に島を囲い統べて奉れ。
・一一五〇　伊計ぐすくの親のろが美しい橋を架け、島を囲い統べて尚真王に奉れ。
・一二三一（二例）百名、崎枝から囲い統べて連れる、連れ、果報首里親国。
・一二六一（一二三一との重複おもろ、二例）百名、崎枝から囲い統べて連れる、連れ、連れて、果報首里親国。
・一三〇二　知念杜ぐすく、この世は勝れ給え、島を囲い統べて按司様に奉れ。

四二〇の治金丸は琉球国王の宝刀であるが、ここではおもろ歌人に続いて下の世の主が刀を賛美していようによめる。下の世の主は巻八のおもろ世界では最も賛美される存在であり、三山時代の南山王に比定される大里按司と重なるおもろの用例を持つ（福、二〇一三）。このおもろの治金丸が琉球国王の宝刀であると断言することはできないが、「治金丸《てがねまる》　島《しま》　かねて　来居《きよ》り」の詞句は島の統合の象徴のように治金丸を謡っている。

九三一・一一〇二・一二三一と一二六一の重複おもろはどのような状況で「かねて」いるのかわからないが、一三〇二のおもろの知念杜には王の御座所というべき国局《くにつほに》があり（一三〇三）、大国《ぢやくに》杜《もり》ぐすくと称され、あまみきよが宣立《のだ》て初《はづ》めのぐすく（一三一一）、神降《かみお》れ初《はづ》めのぐすく（一三一二）と称された。琉球の始原の時から存在する、大いなる杜、ということである。知念杜では月代《つきしろ》神の祭祀もなされた（一三〇八）。琉球の王権と深くかかわる祭祀がなされた由緒ある知念杜で、島を統合する祭祀がなされた、というのはよく理解できる。

そして一一五〇の伊計ぐすくは伊計島にある。伊計島は与勝半島の東方海上の与勝諸島の最も東にある。一一五〇は「一伊計《いけ》ぐすく親《おや》のろ／綾子橋《あやごはし》　掛《か》けわちへ／島　かねて／おぎやか思《も》いにみおやせ／又まちらすの親《おや》のろ」となっている。このおもろの綾子橋（美しい橋）が具体的に何をさすのか、おもろからはわからない。ただ、伊計島を含む与勝諸島を、東から伊計島、宮城島、平安座島、浜比嘉島、藪地島、そして与勝半島へ結ぶ幻の橋をおもろから想定することはできる。

その橋で結ばれた島々が「島　かねて」いる状態、すなわち島々を囲い統べている状態ではないか。与勝諸島を囲い統べるとは、与勝半島の東方海上の制海権を持つ、ということだと考える。伊計島の伊計ぐすくの主が拒否したなら、中城ぐすくの船は中城湾を出られず、一一七五におもろがある金武《きん》の世《よ》の主《ぬし》も金武湾を出られない。沖縄島中部の東方海上の要が伊計島である。

その伊計島の神女が幻の美しい橋で与勝諸島の島々を結び、囲い統べて尚真王に奉れ、とは伊計島から与勝諸島の支配権と沖縄島東部海上の制海権を尚真王に捧げていることを意味しているのではないか。

一一五〇についての以上の解釈は憶測にすぎないが、その解釈が可能なら、与論の神女こいしのが徳之島の港に通い「島　かねて」とは、琉球国王側についている与論島の勢力が徳之島、そして沖永良部島を囲い統べ、島々の支配権を国王に奉ることかもしれない。ただ、この解釈もまた憶測にすぎない。

また、巻十四には次のような与論島のおもろがある。

巻十四-一〇〇九

一かいふたの親《おや》のろ／東方《あがるい》に　通《かよ》て／今《いみや》からど／いみ気《き》や　勝《まさ》る

又金杜《かなもり》の親掟《おやおきて》／てだが穴《あな》に　通《かよ》て

〔与論島の親のろ、金杜の親掟（神女）が東方、てだが穴に通って、今からこそいみ気（霊気）は勝る〕

このおもろの「いみ気」を『おもろさうし辞典・総索引　第二版』は「土地の霊気。社会に害悪をもたらす邪気・悪気を祓う清浄な気」とする。そして、その用例は次のようになっている。

・七九　越来《ごゑく》世の主《ぬし》が鷲《わし》の嶺《みね》、古謝坂《こぢやひら》（沖縄市古謝の坂）にましまして、今からこそ越来はいみ気が勝る

・三九三　おもろ音揚《ねや》がり、宣《せ》るむ音揚《ねや》がりが（祭の祝いごとのために）お喜びになったからには、今からこそいみ気は勝る

・一〇〇九　与論の親のろが東方に通って、金杜の親掟がてだが穴に通って、今からこそいみ気は勝る

・一二九四　与那嶺《よなみね》の大親《や》、苗代《なわしろ》の大親《や》は綾鵯《あやひよどり》を遊ばせて、今からこそいみ気は勝る

これらの用例からわかるのは、呪的行為を行った時、すなわち今からこそいみ気は勝る、ということである。七九に続く八〇では「越来世の主、揚がる世の主の鷲の嶺に来給いて東の海を見ていると、白波がうねり襲うように」とある。越来世の主が高所に立って波のうねる海を見下ろしていることを八〇は示している。高所に立つことは、地上世界を見下ろす神の視点を獲得することでもある。日本古代の国見の儀礼はまさにそれにあたる。七九と八〇の連続は、越来世の主が鷲の嶺にましまし、海を見ることによっていみ気は勝る、とも解釈できる。しかし、その細部は不明であ

る。

三九三はおもろ歌人、おもろ音揚がりが祭りの祝いごとのためにお喜びになる、と謡う。これはおもろを作り謡い、何らかの存在を祝福する祭りがなされたと考える。そしておもろ音揚がりが喜ぶ、とは祭りが最高潮に達したことを意味するのではないか。その時にいみ気は勝る、というのである。一二九四は第一尚氏の国王、尚巴志の父と考えられる与那嶺の大親、苗代の大親が美しいヒヨドリを遊ばせると、いみ気は勝る、という。ヒヨドリといみ気の関係は不明である。

このように「今からこそいみ気は勝る」という用例からいみ気の本質に迫るのは難しい。そして一〇〇九だが、与論の神女が東方、てだが穴に通うといみ気は勝る、と謡われる。これは与論島東部に太陽の出現する穴、と観想されるような聖域があり、そこに神女が通って祭祀をしたらいみ気は勝る、ということかもしれない。しかし、この解釈は憶測の域を出ない。

以上のように与論島のおもろには与論島古里の若者の初旅を謡ったもの、神女祭祀のおもろ、神女による航海守護、そして琉球国王と与論島と徳之島をめぐる支配権や財宝の流れを示唆するようなおもろがある。与論に割拠していた勢力とほかの島の勢力、そして琉球国王との関係などを漠然と示唆するようなおもろがある、と言うことができる。

## 越州窯青磁

ここでは喜界島に現存する越州窯青磁水注を手掛かりに、おもろ時代以前の南西諸島、そしてキカイガシマについて考察したい。筆者は他所において「越州窯青磁―キカイガシマ・『源氏物語』・唐物―」と題する拙論を提示した（福、二〇一五）。以下は拙論に拠る。

越州窯青磁製品は、平安時代の前期から中期にかけての輸入貿易陶磁器の青磁の中では最も多い。この越州窯青磁の優品の青磁刻花文水注が喜界島に存在する。水注は長い間、小野津集落の八幡神社の境内の草叢に甕と称して置かれ、ほかの四つの甕とともに豊凶を占う資料として野晒しにされていた。

この青磁刻花文水注を鑑定した亀井明徳は、類品が博多遺跡群出土の二例であることを指摘する（亀井、二〇〇六）。この越州窯青磁刻花文水注は宋時代の高級な交易品であり、『源氏物語』にも秘色青磁として登場する。

また、『源氏物語』の作者、紫式部と同時代の藤原道長が藤原一門の菩提寺として建立した浄妙寺のあった京都府宇治市木幡金草原の西南麓から、五代から宋代の越州窯青磁の水注が出土している。この水注は藤原北家の誰かの遺愛の品、あるいは副葬品であったとみられている、という（京都国立博物館ホームページ、http://www.kyohaku.go.jp/jp/syuzou/meihin/touji/item06.html)。

歴史物語である『栄花物語』は藤原道長を中心とした御堂関白家の栄華を語る。その中に村上天皇中宮の安子（冷泉天皇、円融天皇の母）が葬られた木幡への参詣の記事がある。日本古典文学全集『栄花物語』の木幡の頭注には、「「穏子、安子、茂子、皆木幡陵。宇治三者卜称スルハ是ナリ」（中右記・天仁元年六月二十四日）」とある（山中・秋山ほか校注・訳、一九九五、四七）。『中右記』は藤原宗忠の十一世紀後半から十二世紀前半の日記である。穏子は醍醐天皇中宮で、朱雀天皇と村上天皇の母であり、茂子は後三条天皇の東宮時代の妃であり白河天皇の母である。

『栄花物語』には道長の姉であり一条天皇の母の東三条院詮子の葬送の記事があり、鳥辺野で葬送が行われ、その御骨を道長が首にかけ、木幡に出向いた、とある。また、道長の娘であり後朱雀天皇の東宮妃で後冷泉天皇の母の嬉子、三条天皇中宮で嬉子の姉の妍子、一条天皇中宮で御一条天皇と後朱雀天皇の母の上東門院彰子も木幡に葬られた。また、同物語には藤原伊周が父の関白道隆の墓所の木幡に詣でたことも記されている。このように、木幡は娘を天皇の后となし権力の中枢にあった藤原北家の人々、そして天皇の子を産んだ藤原氏出身の后達が葬られている。木幡は平安時代の最高権力者の一族の墓所であり、そこから越州窯青磁の水注が出土したのである。

越州窯青磁の優品がなぜ喜界島に存在したのかは、喜界島の城久遺跡群のあり方をみていくと納得できる。城久遺跡群の帰属年代について高梨修は、現在、①Ⅰ期（八世紀後半～十一世紀前半）、②Ⅱ期（十一世紀後半～十二世紀）、③Ⅲ期（十三世紀後半～十五世紀）に整理されている、と述べる。そしてⅠ期は大宰府的土器群（土師器甕・土師器皿）が城久遺跡群に限られた形で少数出土すること、Ⅱ期は城久遺跡群の最盛期であり、遺跡の規模が拡大し、土師器・焼塩土器・須恵器・滑石製石鍋・灰釉陶器等の国産容器群、白磁・越州窯青磁・高麗青磁・高麗無釉陶器等の舶載容器群等がⅠ期の搬入遺物群を著しく凌駕した状態で出土するようになり、在地容器群として類須恵器・滑石混入土器も加わる、と述べる。

さらに、Ⅱ期における出土遺物は、①国産容器類の大量出土、②滑石製石鍋の大量出土、③高級舶載容器類の大量出土に特徴づけられ、類須恵器以外はほとんど搬入遺物で占められている、という。そして搬入遺物の中には官衙等に特徴的に認められるものが複数認められること、搬入遺物が中心となる「非在地的様相」こそが、城久遺跡群を最も特徴づけるものであり、在地の人びとにより営まれた遺跡とは考え難い根拠となるものである、と指摘している（高梨、二〇一四、七四）。

このように城久遺跡群のⅡ期の遺跡からは、越州窯青磁が確かに出土する。越州窯青磁が喜界島に搬入された後、どのような経緯をたどって小野津八幡神社の草叢に置かれるに至ったかは不明である。

キカイガシマは『日本紀略』（九九八年、貴駕島）、『新猿楽記』（十一世紀半ば頃成立、貴賀之島）、『長秋記』（一一一一年、喜界島）、『吾妻鏡』（一一八七年、貴海島・一一八八年、貴賀井島）、「頼朝下文写」（一一九二年、貴賀島）、『宝物集』（一一八九～一二〇〇年頃成立、鬼界が島）、『保元物語』（一二一九～一二二二年頃成立、鬼海島）、『漂到琉球国記』（一二四四年、貴賀国）、『平家

物語』・『八幡愚童訓』など（十三〜十四世紀頃、鬼界島）、『中山世鑑』（一六五〇年成立、キカイジマの記事は一四六六年、鬼界島）、『海東諸国紀』（一四七一年、鬼界島）などの文献に現れる（永山、二〇〇八）。

これらの文献でのキカイガシマの描写については、永山修一の数々の論（永山二〇〇七・二〇〇八ほか）に詳しいので、ここでは繰り返さない。永山は大宰府との関係を窺わせる考古遺物として越州窯青磁があり、喜界島の城久遺跡群では越州窯青磁の精製品・粗製品が確認されていて、官的な施設に保管されていた什器のひとつと考えるのが妥当とされる説があること、などから大宰府が南蛮賊追討の下知をしたのは、現在の喜界島と考えられそうである、と述べる（永山、二〇〇八、一四六）。永山は『吾妻鏡』の源頼朝のキカイガシマ征討をめぐる一連の記事についても詳細に分析し、「摂関家の諷諫は、三韓と貴賀島とを同列に論じており、当時の公卿たちもまた貴賀井島を全くの異国として認識していたことを確認できる」と指摘している（同書、一三五）。

この公卿達の認識は公的な見解である。永山も述べるように『新猿楽記』のキカイガシマは夜久貝（ヤコウガイ）・赤木・檳榔などを産出する島々の集合名称であり、そこから運ばれた品々は都の貴族のもとにもたらされた。永山も南西諸島産の品々が『小右記』を記した藤原実資のもとに集まっていたことを指摘している。藤原実資は唐物狂いであり、紫式部の夫、藤原宣孝の甥の大宰大弐藤原惟憲が関白の藤原頼通にばかりに莫大な唐物を融通することに憤り、惟憲を『小右記』で非難している、という（河添、二〇〇七、一〇九〜一一一）。河添の指摘は、平安時代の上流貴族の唐物への強い執着を示す。その唐物と南西諸島産の貴重な文物の運ばれてくる海路の中の拠点的な島がキカイガシマである。

頼朝のキカイガシマ征討の際、摂関家から「貴賀井島あたりの故実は日本では良くわからないので追討を止めるようにという諷諫があった」と永山は述べる（永山、二〇〇八、一三五）。当時の藤原氏の氏長者で摂政だったのは九条兼実であり、兼実の兄の近衛基実は一時、南九州の日本最大の荘園、島津荘の領主だった。島津荘は万寿三（一〇二六）年、大宰大監平季基が日向国島津院（宮崎県都城市）を中心とする一帯の無主の荒野を開拓し、宇治関白藤原頼通に寄進したのに始まる（『国史大辞典』）。摂関家が薩摩・大隅・日向にまたがる南九州の地域を荘園としていた理由は、田畑などの耕作地からの収益や特産物や織物のほか、南西諸島から南九州に集まる利権を握るためではないか。そしてその中には硫黄島の硫黄の利権も含まれていたのではないか。

島津荘に含まれるのは南九州のほか、薩南の島嶼の多禰島（種子島）、甑島、そして河辺郡などである。鎌倉時代の河辺郡には千竈時家の譲状に出てくる島々が含まれる。永山修一は「国郡制的に見ると、薩摩半島の南部から十二島にかけての河辺郡の郡司職は、平姓河辺氏から得宗被官である千竈氏へと変わった」、「十二島地頭職成立の契機としては、河辺（平）通綱がキカイガシマ征討の功により河辺郡司に任命されたとする「河辺氏系図」の記載などからいっても、ほぼ首肯できると考える。ただし、十二島だけが、頼朝配下の兵が征討行動を行った対象地域であったわけではなく、対象地域はさらに南に広がっていたはずであり、広義のキカイガシマの一部に「十二島地頭職」が設定されたものと考えたい」と述べる（永山、二〇〇八、一三九〜一四〇）。

十一世紀の開拓以降、肥大化していった島津荘の河辺郡に鎌倉時代、十二島が属していたことは示唆的である。十二島には硫黄という、富に直結する交易品を産する硫黄島、天然の良港を有する口之永良部島や屋久島のほか、航海に巧みな海民達がいたことで名高いトカラ列島が含まれる。河辺郡を含む平安時代末期の島津荘にも十二島、そしてさらに南の奄美群島のキカイガシマの情報が及んでいたのではないか。

前掲のように田中史生は十一世紀以降の喜界島経営に大きな影響を与えていた勢力について考察し、この時期の城久遺跡群から検出される庇のついた建物や高倉に注目し、「そこに、南九州の特徴をそなえた領主層の建物との共通性が指摘されているからである。これらは、『小右記』で一〇二五年（万寿二）から大隅や薩摩の国司・領主層による中央貴族への琉球列島産品の献上記事がみられるようになることや、『吾妻鏡』などに十二世紀半ばの薩摩領主層平忠景と喜界島との関係が記されることなどとも対応してくる」と述べる（田中史生、二〇一六、二二二）。田中の指摘は十一世紀以降のキカイガシマ経営に南九州の領主層が関わり、彼らが中央貴族とも深くつながっていたことを示す。このことはまた、島津荘を地元で管理していた領主層と城久遺跡群と摂関家の関係を思わせる。

平安時代、上流貴族は飽くことなく唐物を集めていた。これは憶測に過ぎないが、平安時代を通し、朝廷が管理する貿易に飽き足らず多くの唐物を求めていた摂関家が、「キカイガシマの実情を知らない」と述べたのは、平家にかわる新興勢力である源氏の頼朝が南九州と南西諸島の利権に手を出そうとしていることに対する反発の意味もあったかもしれない。いずれにせよ政治の中枢にあった摂関家は公的にはキカイガシマを三韓同様と見なしていたのである。

河添房江は延喜三（九〇三）年に太政官が出した禁制によれば、唐船が到着した際、「諸院諸宮諸王臣家」、つまり都に住む皇族や貴族層が争って使者を出して「遠物」（交易品として運んできた唐物）を買い漁るので、その値段がつり上がったこと、その結果、朝廷が先買権を行使して適当な価で貨物を購入できないので、皇族や貴族や社寺の諸使が関を越えて私的に唐物を買うことを禁止していることを挙げる。そして「それは、逆に鴻臚館や博多周辺でいかに私貿易が行われていたかの証左となろう」と述べる（河添、二〇〇七、一六四）。

亀井明徳は平安前期から中期にかけての輸入陶磁器のうち青磁は越州窯製品が圧倒的に多い、と指摘する。そして、越州窯陶磁器の出土状況を詳細に検討し、「越州窯陶磁器の出土は、寺院、官衙が多く、とくに畿内では寺院からの出土例が圧倒的に多い」こと、九州においては寺院、官衙などの出土例も多いが、それ以外の集落からも出土することを指摘する。さらに、河添があげた延喜三年の禁制と仁和元（八八五）年の「大唐商賈人着大宰府、是日、下知府司、禁王臣家使及管内吏民、私以貴直、競買他物」（『日本三代實録』四八）をあげ、九世紀後半に唐物公易使到着以前に実質的に先買権を行使した階層が生じ、その階層は、諸院、諸宮、諸王臣家、大宰府官人および郭内富豪之輩があげられている、と述べる（亀井、一九八六、八七・八九）。

亀井は「仁和元年史料の吏すなわち大宰府官人あるいは管下の国司等が不正貿易によって利を得ていた例は枚挙にいとまがない」と述べ、前述の『小右記』に記された藤原惟憲の有様をあげる。そして「郭内富豪之輩」について先学に拠りながら考察を加える。亀井は彼らを「唐物の交易活動、国内における唐物流通過程に大きな役割を負っていたのではなかろうか」と述べる。

また亀井は「九世紀後半の大宰府郭内および恐らくその周辺地域を含めた富豪層が利益の多い唐物の商業活動を黙視していたとは考えられない」と述べる。そして、そのような富豪層が九州の越州窯陶磁器の出土する集落の住人だった可能性を示唆する。そして「畿内の殷富・富豪層が官市の交易過程に入りこんだように、大宰府郭内の富豪之輩は唐物先買権を実質的に行使して彼らの商業活動のうちでその占める割合は大きいと考えられる」と述べる（同書、八八）。亀井はまた越州窯陶磁器の需要層を「寺院、官衙が多いが、とくに九州においては官人層の私物、および富豪層、換言すれば郡司以上の階層も需要層であり、しかも彼らは国内交易の荷い手である」と述べる（同書、八九）。

佐藤和夫は「大宰府管内の国司らが、子弟を率いて調庸租税の妨げをなすことの禁が出されるほど、国司の職権をかさにきた威力は絶大なものであるから、国衙機能への癒着は誰でも望んだ。在地勢力の土豪層や土着官人たちは、それゆえ国家権力の手先となり忠誠者となる」と述べる（佐藤、一九九五、一六〇）。佐藤の述べる在地勢力の土豪層や土着官人が大宰府郭内の富豪之輩と重なるのは言うまでもない。

これらの指摘は、越州窯陶磁器はじめ唐物が当時の上流貴族にとって垂涎の的であったと共に、その交易に関わることで富が蓄積できる、と大宰府周辺の富豪層に見なされていたことがわかる。私貿易が行われ、大宰府周辺の富豪層は入手した唐物の国内での物流にも携わっていたらしいことも明らかである。

河添は「そもそも平安京という都市に富が集中すればするほど、唐物といった奢侈品への欲望が日ましに高まることは必然だったのではないでしょうか。もちろん朝廷も、貿易統制をかけますが、その禁制の網の目をくぐって、貴族たちの私貿易は盛んにならざるをえません」と述べる（河添、二〇〇八、一九）。

ところで紫式部の夫、藤原宣孝は筑前守だった時期があり、大宰少弐を兼任していた時期もあった。宣孝は式部との結婚後の長保元（九九九）年十一月二十七日に、九州の宇佐八幡宮への勅使、宇佐の使に選ばれ、宇佐に赴いている。河添は同日の『権記』に宇佐八幡宮に奉幣する宣命には大宰府が言上した敵国の脅威のことが載っていた、と述べる。具体的には長徳三（九九七）年、大宰府からの急ぎの使者が、南蛮賊徒が肥前・肥後・薩摩で略奪したことを伝え、高麗人が来寇する噂が流れた。翌年二月には大宰府が高麗国人を追討し、九月には大宰府が貴駕嶋に下知して南蛮を捕まえることを言上し、翌年の長保元年九月には大宰府は南蛮賊を追討する旨を言上した（河添、二〇〇七、一〇五～一〇六）。

敵国の脅威の中には南蛮の賊徒による略奪事件、そして大宰府がキカイガシマこと貴駕嶋に南蛮を捕え進めるべきことを下知したと言上してきたことも含まれる。城久遺跡群を擁する当時の喜界島はⅠ期であり、やがて船載容器群等がⅠ期の搬入遺物群を著しく凌駕した状態で出土する賑わいのⅡ期を迎えることになる。

亀井明徳は城久遺跡群の山田中西遺跡出土の越州窯青磁について精製品と粗製品の二種類があり、「遺構および他の遺物から推定されているように官的な施設に保管されていた什器のひとつと考えるのが妥当であり、ここが内外交易の基地的な、あるいは市的な性格を付与するには量的に不十分である」と述べる（亀井、二〇〇六、九九～一〇〇）。

それでは喜界島の越州窯青磁のあり方や、長徳四（九九八）年に大宰府から南蛮捕進命令を受けたキカイガシマの城久遺跡群は官衙なのかというと、それを示す証拠はない。城久遺跡群や小野津の八幡神社の越州窯青磁水注が、亀井の述べる九州の官人層や富豪層のような人々の私物か、というとそれもまたわからない。

キカイガシマのキの当て字が貴から鬼へ変わっていくことはよく知られている。それが時間の流れの中で貴い唐物、こと越州窯青磁のような高級船載品の通り道であり、価値ある南方物産を産する島々が鬼のような賊の跋扈する島々になってしまった、という認識によるのかというと、それは一面の事実だがすべてではない、と考える。貴重で高価な品々の周囲には鬼のような男性の暴力的な力を揮《ふる》い、力ずくで利権を引き寄せようとする人々が必ずやいるはずである。「貴」と「鬼」は貴重で高価な品々をめぐる人間達のせめぎ合いを象徴する文字である。

城久遺跡群のあった喜界島に越州窯青磁の優品が存在する。城久遺跡群について考察する際、亀井明徳が述べる前掲の「大宰府官人あるいは管下の国司等が不正貿易によって利を得ていた例は枚挙にいとまがない」（亀井、一九八六、八八）は示唆的である。そして瀬戸内海、九州、薩南諸島ほか日本の近海を跋扈して唐物ほか貴重で高価な文物を積む船を狙っていた、文字資料に稀にしか残らない海賊のあり方に思いを致すと新たな展望が拓ける、と考える。

ところで、瀬戸内海が平安時代、海賊の横行する海だったことは、先学によって指摘されてきた。西別府元日は、政府が海賊の跳梁を問題にする時、海賊集団の居住地と考えられる摂津・山城・播磨などの水陸交通の要衝地域を対象とした指令と、この地域を含みながらも他の内海諸国地域に重点をおいた指令とを、意識的に区別していたと考えることができるのではなかろうか、と述べる。そして、前者の地域に居住ないし群集する集団については、単純な海賊という認識ではなく、いわゆる群盗行為をなす者も含んでいたと考える事が可能であろう、そしてこれらの地域において海賊行為や群盗行為をなす者のなかには、先学が指摘するように王臣家と密接に関係した交易集団を想定することも可能であろうと述べ、このような集団の場合、国司では対応しえない側面があり、検非違使の投入という対策が必要だったと考えられる、と述べる（西別府、一九九五、三八一・三八二）。

西別府はまた、良吏といわれた藤原保則が九世紀に盗賊行為を行使する人々について階層を区別し、「良家の子弟や貴族の従者など編戸の民ではない者たちが賊の渠師となりそれが相互に連携して集団化した場合と、飢寒に逼迫されて盗賊行為を働きながらも必ずしも凶狡の心をいだくにはいたっていない場合との二層に大別されている」と述べる（同書、三八二）

これらの西別府の指摘は喜界島の城久遺跡群について考察する際、示唆を与える。「群盗行為をなす者のなかには、王臣家と密接に関係した交易集団を想定することも可能」、そして「良家の子弟や貴族の従者など編戸の民ではない者たちが賊の渠師となりそれが相互に連携して集団化」するような海賊集団は王臣家と深く結び付いている。そのような海賊集団のことを上級貴族はもとより、文字を書ける人々が書き残すわけがない。これは憶測に過ぎないが、そのような海賊集団の存在は公然の秘密であり、唐物に強く執着する高位の人々は彼らのもたらす唐物の優品を高価な値段で買い取っていたのではないか。

前述のように、紫式部の夫の藤原宣孝は宇佐八幡宮への勅使、宇佐の使に選ばれ、宇佐に赴いている。そして宇佐八幡宮に奉幣する宣命には大宰府が言上した敵国の脅威のことが載っていた。宇佐八幡宮は武神の八幡神を祀っており、政情不安や敵国の脅威に当たって祈願がなされるのは当然である。しかし、実際に脅威を取り除くのは武力である。

九九七年の南蛮賊徒の肥前・肥後・薩摩での略奪、そして高麗人が来寇する噂、また九九八年の大宰府による高麗国人の追討と、大宰府の貴駕嶋への下知、さらに、九九九年の南蛮賊追討に関わるのは、南蛮、大宰府と九州各国、高麗、そしてキカイガシマである。九州各国について、時代は下がるが、前掲のように小園公雄は吐噶喇列島の島々が「倭寇跳梁の絶好の場所でもあったのだ」

と述べ、「倭寇は北九州や瀬戸内出身者や三島（対馬・壱岐・松浦）だけでなくて、九州全般が総倭寇であった観さえある」という（小園、一九九五）。このような状況は、倭寇という名称が登場する以前から存在した、と考える。

また、時代は古代に遡るが、『日本書紀』の継体天皇の時代、筑紫国造《ちくしくにのみやつこ》だった磐井《いわい》が反乱を起こしたことがある。「磐井の戦い」について、佐藤信は次のように述べる（佐藤、二〇〇七、七）。

『日本書紀』継体天皇条にみえる、五二七年に筑紫国造磐井が起こした「反乱」。大王が朝鮮半島南部の加耶《かや》に派遣しようとした大軍をさえぎり、筑紫（のち筑前《ちくぜん》・筑後《ちくご》）・火《ひ》（肥前《ひぜん》・肥後《ひご》）・豊《とよ》（豊前《ぶぜん》・豊後《ぶんご》）の諸国に勢力を張って、高句麗《こうくり》・百済《くだら》・新羅《しらぎ》・加耶諸国との外交権をにぎって抵抗した磐井は、二年がかりで制圧され、北部九州には王権直轄のミヤケがおかれた。『筑後国風土記』と発掘によって磐井の墓である岩戸山古墳がわかり、九州古墳時代の石人《じん》・石馬《せきば》文化圏が磐井の支配圏であったことが知られた。

この筑紫国造の磐井の反乱は、大和朝廷に対する地方豪族の内乱ではない。北部九州を拠点とし、九州諸国に強い影響力を持つ磐井が、朝鮮半島の諸国との結びつきをたてに大和朝廷を翻弄したのである。九州は大陸と近く、大和朝廷、そして後代の中央政権の支配力が完全に及ぶ、とは言い難い地域である。それは古代であっても中世であっても変わらない。

なお白水智は松浦党について次のように述べる（白水、一九九二、二〇七〜二〇八）。

藤原定家の日記『明月記』の嘉禄二年（一二二六）十月十七日条には数十艘の兵船を仕立てた松浦党が高麗（十世紀から十四世紀まで朝鮮半島を支配した国家）の島々を襲撃し、住民を殺害して財物を略奪したことが記されているし、『平家物語』壇ノ浦合戦の場面では、平家方の水軍として松浦党三〇〇余艘が加わったとある。もっとも、松浦党の武士たちにとって、海は何も合戦の場でばかりあったのではない。魚を獲り、貝を獲り、海藻を採る生活の場であり、また、交易の道でもあったのである。『魏志倭人伝』以来の記述をあわせ考えるならば、彼らは日常的に海とのかかわりのなかで生きていたといえよう。

白水の指摘する松浦党の姿は、倭寇、あるいは海賊そのものである。なお九九七年の南蛮賊徒の略奪と九九九年の南蛮賊追討の南蛮が具体的にどこを指すのかは不明である。ただ、薩南諸島以南の賊徒を指すのであれば、その拠点は後の島津荘に含まれる島々であり、さらに奄美群島を含む琉球列島でもあろう。彼らは中国への交易船が沖を往来する島々を拠点とする賊徒だったのではないか。

その賊徒達が、ある時は王臣家の求める唐物を積む船の漕ぎ手となり、ある時は唐物を満載したほかの船を襲い、ある時は漁業に従事する、ということは容易に考えられる。その賊徒達の動向を

郵便はがき

料金受取人払郵便

鹿児島東局
承認
045

差出有効期間
2022年8月
24日まで
切手を貼らずに
お出し下さい

892-8790

168

鹿児島市下田町二九二—一

図書出版
南方新社 行

| ふりがな<br>氏　名 | | 年齢　　歳<br>男・女 |
|---|---|---|
| 住　所 | 郵便番号　　— | |
| Eメール | | |
| 職業又は<br>学校名 | | 電話（自宅・職場）<br>（　　） |
| 購入書店名<br>（所在地） | | 購入日　　月　日 |

**書名**　(　　　　　　　　　　　　　　　　　　)愛読者カード

本書についてのご感想をおきかせください。また、今後の企画についてのご意見もおきかせください。

本書購入の動機（○で囲んでください）

A　新聞・雑誌で　（　紙・誌名　　　　　　　　　　　）

B　書店で　C　人にすすめられて　D　ダイレクトメールで

E　その他　（　　　　　　　　　　　　　　　　　　）

購読されている新聞，雑誌名

新聞　（　　　　　　　　　）　雑誌　（　　　　　　　　）

直 接 購 読 申 込 欄

| 本状でご注文くださいますと、郵便振替用紙と注文書籍をお送りします。内容確認の後、代金を振り込んでください。（送料は無料） | | |
|---|---|---|
| 書名 | | 冊 |
| 書名 | | 冊 |
| 書名 | | 冊 |
| 書名 | | 冊 |

把握し、ある程度は大宰府とも繋がりがあった者がキカイガシマにいたからこそ、「大宰府が貴駕嶋に南蛮を捕え進めるべきことを下知したと言上」という事態になった、と考える。

これは憶測にすぎないが、キカイガシマを拠点とする勢力が王臣家の唐物の密貿易に深く関わっていたなら、前述のように記録を残す人々がキカイガシマの実情を語るわけがない。王臣家、そして上流貴族といった権力を握る者に媚びる者はいても刃向かう者はいない。そのようなことは言うまでもない。

文献で語られるキカイガシマも『平家物語』になると、島の立地などの現実は写しつつ、島は鬼のような者たちが住み、火山が噴火し硫黄の臭いが充満する地獄のように描写されるようになる。しかし、前述のように薩南諸島の硫黄島の硫黄は良質のものとして知られ、中国に輸出されて富を生んでいた。物語や説話伝承の世界で面白おかしく、そして神秘的で謎めいた島として描写されるキカイガシマのもう一つは、現実にはキカイガシマ海域の奄美群島に喜界島として存在し、交易拠点として賑わっていた。そのキカイガシマはやがて捨てられ、そこにいた人々は去っていった。

前掲のように村上恭通は、「本土では考えられないほど鍛冶炉が多く、製鉄まで行う集中生産をしており、喜界島にとって鉄は沖縄に対する重要な戦略物資になっていたのではないか」と述べている。また永山修一は、「喜界島で生産した鉄を、奄美諸島や沖縄諸島に流通させることで、対価としての南島産品を獲得し、それを九州以北へ売ることで利益を得ていた勢力があった」ことに着目し、「その影響は琉球王国形成の問題にかかわってくるのだろう」と語った、とある（http://

www.nikkei.com/article/DGXMZO89843640Y5A720C1000000/)。

周知のように南西諸島の島々のほとんどが隆起珊瑚礁土壌であり、農耕に不向きである。その島々に農耕のために移り住むことは考えられない。また、前述のように徳之島で焼成されたカムィヤキは、後の琉球王国の版図に重なる琉球列島に流通した。このことは、琉球王国の国としての成り立ちを考察する際、きわめて重要である。すなわち、琉球王国は農業国家ではなく商業国家であり、商売や交易のための拠点としての港湾を持つ港湾都市がまず成立したのではないか。その最初期の拠点の一つが喜界島の城久遺跡群だった可能性を筆者は考える。

喜界島と摂関家の貴人の埋葬地に越州窯青磁の優品があったことは示唆的である。宇治市木幡金草原から出土した水注は、死者と共に埋納されたと考えられている。その事実はもう一つの事象を示唆する。すなわち、越州窯青磁の優品はいくらでも手に入るから、死者の遺愛の品なら埋納しても構わない、ということである。歴史物語の『栄花物語』は藤原北家、特に御堂関白家の道長、そして宇治の平等院を建立した頼道の一族の贅を尽くした生活ぶりを活写する。上流貴族が好んで身の回りにおいた越州窯青磁はじめ上質の船載品の中は、南西諸島を通って運ばれたものがあったはずである。そして城久遺跡群にいったん運び込まれた極上の交易品は、南薩摩の持躰松遺跡や大宰府、京都、そして鎌倉時代になると鎌倉に運び出されたはずである。しかし、何らかの理由で残ったのが、喜界島の越州窯青磁かもしれない、と筆者は想像する。

# おわりに

奄美群島は現在、静かな佇まいを見せている。その島々のかつての賑わいを伝えるのが『おもろさうし』の奄美群島おもろである。おもろは見てきたように断片的な情報を提示するに過ぎない。また、奄美群島を含め、薩南諸島から与那国島に至る島々の情報は文献に記されることが極端に少ない。それは琉球王国も同様であり、王国の内部で初めてまとめられた文字資料は十七世紀の『おもろさうし』である。

『おもろさうし』は神女祭祀のおもろを多数集成するため、従来はその信仰や宗教性に注目が集まってきた。しかし、おもろは琉球王国の版図の島々の現実とつながっている。その島々についての記録こそないものの、島々にはそこを拠点として富を集め、酒を部下に振る舞った男達や、男達の航海の無事を祈る女達がいた。そのことがおもろに謡われている。

また、薩南から八重山諸島までの島々は風といささか非力な人力によって航行する船の寄港地だった。順風に恵まれる時期は、ひっきりなしに多国籍の船が寄港し、悪天候の時は荒波を避けるため船が港湾に集まったはずである。そのようなあり方について、宮古島の郷土史家の仲宗根將司は筆者に、「毎年、風は同じように吹きます。その同じ風に乗って毎年、同じ時期に船で島に来る人々がいるなら、その人々は広い意味で島に住む人達の家族も同然です。だから、船で来る人々は島の人達を害することはありません。そんなことをしたら、二度と島に来れなくなります」と述べた。この仲宗根の言葉は、おもろ時代の奄美群島にもあてはまるはずである。

奄美群島のありし日、カムィ焼を焼成するために絶えず煙をあげる窯群、台地の上に建つ南九州的な建物群、巨大な製鉄所、ヤコウガイの加工所、などが存在していた。その賑わいの余韻が残っていた時期、おもろには大勢の神女達が祭祀を行い船の航海安全を祈っていた姿、船を連ねて橋にするというほどの勢力を誇り富を集めた世の主などが謡われていた。断片的な情報のみを提示するおもろだが、奄美群島の過去が考古学的な調査によって知られるにつれ、おもろと現実が交差する、と筆者は考える。

また、文献資料が少ない南西諸島の過去を考察する際、必要となるのは自らの足跡を書き残そうとしなかった人々、すなわち谷川健一の述べる「記録を後世に残すことのなかった海賊衆」（谷川・折口、二〇一二、三〇）に思いを致すことではないか。みてきたように奄美群島を含む南西諸島の島々は、かつて多国籍の船や人々が行き交っていた。人々は任務、志、そして欲のために航海をしていた。欲によって航海をした、文字を持たない者たちが大金を手にした場合、大金は刹那的な享楽で消えるだけだった、と推測される。しかし、それこそが人生だった人々が、南西諸島の島々に寄港した無数の人々の大半だったはずである。

航海者、そして島を拠点とした人々の断片的な思いや行動がおもろに残されている。おもろ世界で知る奄美群島の面影と考古学的事象が交差するとはいえ、それらを歴史的に検証することはできない。しかし、おもろで描かれた奄美群島の在り方は、薩摩藩支配下の圧政に苦しんだ近世の奄美群島ではない。そして琉球王国の支配下で王国の一部というだけではない。

事象を賛美するおもろ世界において、奄美群島のありし日は輝いている。それは歴史資料ではないおもろのみが提示する一面的な見方に過ぎない。しかし、その在り方を示すことには相応の価値がある、と考える。

奄美群島の島の一つ、加計呂麻島を遠いルーツとする筆者にとって、奄美群島おもろは遥かな祖先につながる世界である。名もなき父祖達が奄美群島おもろのどこかに見え隠れするなら、その人々の一瞬の喜びや哄笑を分かち合いたい。それが本書を執筆した動機である。

本著の出版を快諾して下さった南方新社の向原祥隆社長と丁寧に校正して下さった梅北優香さん、そしてスタッフの皆様に深く感謝致します。

## 参考文献

安里進『グスク・共同体・村』榕樹書林、一九九八年。

池宮正治「奄美おもろで考える」『奄美文化を探る』岩瀬博・山下欣一編、海風社、一九九〇年。

石上英一「史跡赤木名城跡の歴史的背景」『史跡赤木名城跡保存管理計画書』付編、奄美市教育委員会編集発行、二〇一五年。

石原清光『奄美与路島の「住まい」と「空間」』第一書房、二〇〇六年。

伊波普猷『伊波普猷全集　第一巻』平凡社、一九七四年。

伊波普猷『伊波普猷全集　第五巻』平凡社、一九七四年。

伊波普猷『伊波普猷全集　第六巻』平凡社、一九七五年。

上里隆史『琉日戦争一六〇九』ボーダーインク、二〇〇九年。

上原靜「グスク時代」沖縄県文化振興会公文書管理部史料編集室編集『沖縄県史　各論編　第二巻　考古』沖縄県教育委員会発行、二〇〇三年。

大林太良『東アジアの王権神話』弘文堂、一九八四年。

『沖縄古語大辞典』編集委員会『沖縄古語大辞典』角川書店、一九九五年。

『沖縄大百科事典』刊行事務局『沖縄大百科事典　下巻』沖縄タイムス社、一九八三年。

鎌倉芳太郎『沖縄文化の遺宝』岩波書店、一九八二年。

亀井明德『日本貿易陶磁史の研究』同朋舎出版、一九八六年。

亀井明德「南島における喜界島の歴史的位置」『東アジアの古代文化　一二九号』大和書房、二〇〇六年。

河添房江『源氏物語と東アジア世界』日本放送出版協会、二〇〇七年。

河添房江『光源氏が愛した王朝ブランド品』角川学芸出版、二〇〇八年。

京都国立博物館、http://www.kyohaku.go.jp/jp/syuzou/meihin/touji/item06.html
金城亀信「首里城「京の内」跡の発掘調査概要」『首里城京の内展―貿易陶磁からみた大交易時代』沖縄県立埋蔵文化財センター編集発行、二〇〇一年。

国史大辞典編纂委員会『国史大辞典』吉川弘文館。

國分直一・恵良宏校注『南島雑話二』平凡社、一九八四年。

小園公雄「中世のトカラ」『十島村誌』十島村誌編集委員会、一九九五年。

先田光演『奄美の豪族伝説　與湾大親』宇検村振興育英財団、一九九二年。

佐藤和夫『海と水軍の日本史　上巻』原書房、一九九五年。

佐藤信『古代の地方官衙と社会』山川出版社、二〇〇七年。

島村幸一『『おもろさうし』と琉球文学』笠間書院、二〇一〇年。

島村幸一『コレクション日本歌人選　おもろさうし』笠間書院、二〇一二年。

島村幸一「『おもろさうし』選詳解Ⅰ」『立正大学文学部研究紀要第三十号』、二〇一四年。

島村幸一『琉球文学の歴史叙述』勉誠出版、二〇一五年。

島村幸一「『おもろさうし』選註解Ⅲ」『立正大学文学部研究紀要第三十二号』、二〇一六年。

白水智「西の海の武士団・松浦党」『海と列島文化　第四巻』小学館、一九九二年。

新里亮人「カムィヤキとカムィヤキ古窯跡群」『東アジアの古代文化　一三〇号』大和書房、二〇〇七年。

新東晃一「先史時代のトカラ」『十島村誌』十島村誌編集委員会編集、一九九五年。

末次智『琉球宮廷歌謡論』森話社、二〇一二年。

瀬戸内町誌編集委員会『瀬戸内町誌　民俗編』一九七七年。

高良倉吉「奄美喜界島の古琉球辞令書について」『日本東洋文化論集第一〇号』琉球大学法文学部、二〇〇四年。

高梨修「「キカイガシマ」海域の考古学―「境界領域」としての奄美群島」『琉球からみた世界史』村井章介・三谷博編、山川出版社、二〇一一年。

高梨修「琉球史の南北」『琉球　交叉する歴史と文化』島村幸一編、勉誠出版、二〇一四年。

田中健夫『東アジア通交圏と国際認識』吉川弘文館、一九九七年。

田中史生『国際交易の古代列島』株式会社KADOKAWA、二〇一六年。

谷川健一『甦る海上の道・日本と琉球』文春新書、二〇〇七年。

谷川健一『列島縦断　地名逍遥』冨山房インターナショナル、二〇一〇年。

谷川健一・折口信夫『琉球王権の源流』榕樹書林、二〇一二年。

知名町誌編纂委員会『知名町誌』一九八二年。

綱川恵美「沖縄のことば「げらへる」」『悠久　第一四五号』鶴岡八幡宮、二〇一六年。

當眞嗣一「いわゆる「土より成るグスク」について―沖縄本島北部のグスクを中心に―」『沖縄県立博物館紀要　第二三号』沖縄県立博物館、一九九七年。

徳留大輔「日本出土の中国産青磁の動向―龍泉窯系青磁を中心に―」『岩手大学平泉文化研究センター年報第一集』国立大学法人岩手大学平泉文化研究センター、二〇一三年。

土肥直美「人骨からみた沖縄の歴史」沖縄県文化振興会公文書管理部史料編集室編集『沖縄県史　各論編第二巻　考古』沖縄県教育委員会発行、二〇〇三年。

仲原善忠『仲原善忠全集第二巻』沖縄タイムス社、一九七七年。

仲原善忠『仲原善忠全集第三巻』沖縄タイムス社、一九七八年。

仲原善忠・外間守善『おもろさうし辞典・総索引　第二版』角川書店、一九七八年。

仲松弥秀「テラとミャー」『沖縄文化論叢2』大藤時彦・小川徹編、平凡社、一九七一年。

中山清美「奄美大島笠利半島のグスク」『東アジアの古代文化　一三〇号』大和書房、二〇〇七年。

永山修一「文献史学からみた中世のキカイガシマ」『古代・中世の境界領域』平成18年度シンポジウム資料集、二〇〇七年。

永山修一「文献から見たキカイガシマ」『古代中世の境界領域　キカイガシマの世界』池田榮史編、高志書院、二〇〇八年。

名瀬市誌編纂委員会『名瀬市誌』一九六八年。

南島発行所『南島　第三輯』第一刷、一九四四年。第三刷は一九七七年に宮古民族文化研究所発行。

西別府元日「平安時代初期の瀬戸内海地域」『瀬戸内海地域における交流の展開』水野祐監修・松原弘宣編、名著出版、一九九五年。

日本経済新聞電子版、二〇一五年七月三〇日「南島史が塗り替わる」、http://www.nikkei.com/article/DGXMZO89843640Y5A720C1000000/

昇曙夢『復刻　大奄美史』南方新社、二〇〇九年。

浜田泰子編『おもろさうし対語索引』ロマン書房、一九八八年。

比嘉春潮『沖縄の歴史』沖縄タイムス社、一九六五年。

福寛美「奄美群島おもろの世界」『沖縄文化研究　三三号』法政大学沖縄文化研究所編集発行、二〇〇七年。

福寛美『喜界島・鬼の海域』新典社、二〇〇八年。

福寛美「『おもろさうし』の甕」『古代末期・日本の境界』ヨーゼフ＝クライナー・吉成直樹・小口雅史編、森話社、二〇一〇年。

福寛美『『おもろさうし』と群雄の世紀―三山時代の王たち』森話社、二〇一三年。

福寛美「越州窯青磁―キカイガシマ・『源氏物語』・唐物―」『沖縄文化研究　四二号』法政大学沖縄文化研究所編集発行、二〇一五年。

平凡社地方資料センター編集『鹿児島県の地名』平凡社、一九九八年。

外間守善『南島文学』角川書店、一九七六年。

外間守善校注『おもろさうし上・下』岩波書店、二〇〇〇年。

真栄平房昭「近世初期のルソン交流史を探る」『新薩摩学　薩摩・奄美・琉球』鹿児島純心女子大学国際文化センター編、南方新社、二〇〇四年。

三上次男『陶磁貿易史研究上』三上次男著作集、中央公論美術出版、一九八七年。

三木靖「第二章古代」『徳之島町誌』徳之島町誌編纂委員会、一九七〇年。

三木靖「第一章古代」『瀬戸内町誌　歴史編』瀬戸内町誌歴史編編纂委員会、二〇〇七年。

宮下貴浩「持躰松遺跡の調査と出土遺物」『古代・中世の境界領域』平成18年度シンポジウム資料集、二〇〇七年。

村井章介『境界をまたぐ人びと』山川出版社、二〇〇六年。

村井章介「古代・中世のキカイガシマ」『古代・中世の境界領域』平成18年度シンポジウム資料集、二〇〇七年。

村井章介「古琉球をめぐる冊封関係と海域交流」『琉球からみた世界史』村井章介・三谷博編、山川出版社、二〇一一年。

元田信有「倉木崎海底遺跡」「先史・古代の鹿児島」埋蔵文化財センター、鹿児島県上野原縄文の森。

山内晋次『日宋貿易と「硫黄の道」』山川出版社、二〇〇九年。

山中裕・秋山虔・池田尚隆・福長進校注・訳『栄花物語①』小学館、一九九五年。

山中裕・秋山虔・池田尚隆・福長進校注・訳『栄花物語②』小学館、一九九七年。
山中裕・秋山虔・池田尚隆・福長進校注・訳『栄花物語③』小学館、一九九八年。
吉成直樹・福寛美『琉球王国と倭寇』森話社、二〇〇六年。
吉成直樹・福寛美『琉球王国誕生』森話社、二〇〇七年。
吉成直樹『琉球の成立』南方新社、二〇一一年。
吉成直樹／高梨修・池田榮史『琉球史を問い直す』森話社、二〇一五年。

■著者プロフィール


**福　寛美**（ふく・ひろみ）

1962（昭和37）年生まれ

1984（昭和59）年、学習院大学卒業

1990（平成2）年、学習院大学院博士後期課程単位取得退学

学位　文学博士

主著　『うたの神話学』（2010年、森話社）

『『おもろさうし』と群雄の世紀―三山時代の王たち』（2013年、森話社）

『ユタ神誕生』（2013年、南方新社）

『ぐすく造営のおもろ　立ち上がる琉球世界』（2015年、新典社）

『歌とシャーマン』（2015年、南方新社）、ほか。



奄美群島おもろの世界

二〇一八年八月一日　第一刷発行

著　者　福　寛美

発行者　向原祥隆

発行所　株式会社　南方新社

〒八九二－〇八七三

鹿児島市下田町二九二－一

電話　〇九九－二四八－五四五五

振替口座　〇二〇七〇－三－二七九二九

URL http://www.nanpou.com/

e-mail info@nanpou.com

印刷・製本　株式会社イースト朝日

定価はカバーに表示しています

乱丁・落丁はお取り替えします

ISBN978-4-86124-372-1　C0092